Yamma

Du même auteur

Adieu ma honte, Fayard, 2021 ; HarperCollins Poche, 2022.

Ouissem Belgacem

Yamma

récit

Flammarion

ISBN : 978-2-0804-2988-9

À toutes les mères,
À tous les fils,
Que ce lien qui nous dépasse nous unisse.

13 mai 2016

J'allume une cigarette, je tire une latte. La sensation de bien-être qui accompagne habituellement ce geste ne vient pas. Je me dirige vers le balcon de ma cuisine. Belle et forte de toute sa pierre, la vue sur la Sainte-Victoire s'offre à moi sans pour autant m'émouvoir le moins du monde. Encore une journée aride et chaude, mon cœur est sec. J'écrase mécaniquement ma cigarette dans un cendrier blanc et bleu, aux couleurs de Sidi Bou Saïd, ma ville préférée en Tunisie. Quand tout était encore possible… La fumée du tabac me pique les yeux. Mon corps traverse mon être, comme un esprit à la recherche d'une connexion avec le monde des vivants, en vain. En allant dans ma chambre, je passe devant le miroir, je croise une étrangère. J'ai du mal à me rappeler l'heure qu'il est.

J'aperçois alors des jambes traverser le couloir pour se diriger vers la porte. Je connais ce jean noir et le rythme de ces pas, mais je reste stoïque. J'entends au loin un au revoir et la porte claquer. Je ne ressens plus rien. Ni chagrin, ni douleur, ni regret.

Tout à coup mon téléphone vibre, la photo de ma plus jeune fille, Sonia, s'affiche, mes mains refusent de décrocher. Neuf heures treize. Je me lève, prends les clés de ma voiture et pars en direction du marché d'Aix-en-Provence. Celui où je me rends quotidiennement se trouve à l'autre bout de la ville. À la différence d'un marché provençal où le parfum de lavande chatouille les narines, où les cigales murmurent des souvenirs d'été, où les tableaux de Paul Cézanne s'érigent sur des dizaines de trépieds, ici règne le Maghreb.

Le marché de la ZUP grouille d'épices, de sons et de couleurs orientales. Pour moi, c'est surtout un concentré de visages familiers. Khadija, Mounia, Sabrina, elles sont toutes là. Je me retrouve en elles, et elles en moi. Chacune sur son propre chemin, mais nos routes sont parallèles. Nous avons toutes quitté un pays et des proches pour arriver en France. Sans avoir à se le dire, et caché derrière nos forts caractères, nous retrouver nous relie à une part de notre enfance. Ces mères sont tour à tour mes amies, mes ennemies, parfois mes rivales. On parle de tout, de rien, surtout de rien. Les négociations vont bon train pour des tomates, des patates, au milieu de discussions aussi futiles que plaisantes. Ce matin, leurs voix et leurs rires me parviennent de loin. Et puis une douleur vive me serre les entrailles. Mon amie Hakima annonce avec joie que son fils va se marier. Le sol se fracture sous mes pieds. « *Mashalla* ma chérie, je suis trop contente pour toi, *inchallah* les petits-enfants bientôt… » Ces mots sortent instinctivement de ma bouche alors que mon ventre se tord. Je feins une urgence et pars sans me retourner, en oubliant mon sac de courses. Sur le chemin du retour, mes mains ne m'obéissent plus. Elles tremblent, tanguent et maîtriser le volant me demande toute ma concentration.

Il me manque.

Je ne sais plus qui il est, je ne l'ai pas vu grandir, mais il me manque terriblement. J'ai besoin de lui, de le voir, de le sentir contre moi. Je monte furieusement les marches des quatre étages du bloc et fais le tour de l'appartement à bout de souffle.

Aucun signe de vie. Il est parti sans avoir été là. Il a vidé sa chambre et mon cœur à la fois. Je découvre une enveloppe posée sur la commode avec écrit *Maman* dessus.

Chapitre 1

Juin 1970, Oued Meliz, Tunisie

Assise sur cette chaise abîmée dans le couloir d'un bâtiment de service public qui a largement dépassé sa date d'expiration, je commence à trouver le temps long. Très long. C'est à cet instant que j'entends mon nom : « Mademoiselle Bouguerra, c'est à vous. »

Je me lève d'un bond, dissimulant l'agacement d'avoir attendu si longtemps. Dans ma tête, je récite en boucle les points qui me passionnent le plus dans l'enseignement. Construire des situations d'apprentissage, voir progresser de jeunes individus, dédramatiser l'échec… J'empoigne la porte et découvre une pièce en parfaite harmonie avec le couloir lugubre dans lequel je viens de passer plus d'une heure. Regard sévère, peau fripée, sourcils froncés, mon interlocutrice se révèle aussi accueillante que son bureau. Je décroche un sourire gêné en m'asseyant.

— *Raslama* (Bonjour), dis-je.

— Bonjour, vous êtes là pour le poste d'institutrice ? me demande-t-elle d'un ton sec.

Sans me laisser le temps de répondre, elle enchaîne :

— Pourquoi voulez-vous ce poste ? Il n'y a que des hommes qui travaillent ici.

Je range soigneusement mon discours d'émancipation des femmes par le travail et continue en évoquant mon amour pour la transmission et les enfants. La discussion se poursuit, sur mes études, ma motivation, mes méthodes d'enseignement. Le ton est froid, le regard dur, comme si elle attendait de moi que je craque ou révèle une faiblesse, mais je ne me dégonfle pas. Après un entretien de quarante-cinq minutes, mon interlocutrice marque un temps d'arrêt et se recule sur sa chaise. Il me semble voir les traits de son visage se détendre un peu, et je finis par entendre ces quelques mots qui vont changer le cours de ma vie.

« Vous démarrez en septembre. »

J'ai le cœur qui bat très haut dans ma poitrine et je quitte ce bâtiment austère pour rejoindre Ben Ammar, mon chauffeur, qui m'attend dehors. Ben Ammar est dans ma famille depuis toujours. Employé dans l'entreprise de mon père, il veille sur moi comme sur sa propre fille et m'emmène aux quatre coins de la ville lorsque j'en ai besoin. Peau mate, le regard fatigué, une cinquantaine d'années, son sourire détonne avec l'austérité des années 70 en Tunisie. Sa plus grande particularité : porter des chemises à manches courtes avec une poche à l'avant, où on trouve constamment un stylo bille accroché, bien qu'il ne sache ni lire ni écrire.

Sur le chemin du retour, je regarde par la fenêtre et j'ai du mal à réaliser que je vais être la première femme institutrice de ma ville, Oued Meliz. Les étoiles s'alignent enfin. Toutes mes années d'études ont été accompagnées d'insinuations silencieuses, de commentaires insultants, de regards méprisants. Être une femme entourée d'hommes, prétendre au même métier, aux mêmes compétences, aux mêmes valeurs... Il m'a fallu garder mon objectif en tête pour ne pas renoncer. À mesure que la voiture roule, je sens la fierté m'envahir comme jamais auparavant.

En cet instant, les paysages désertiques et stériles qu'offre ma région natale m'apparaissent luxuriants, champêtres. Tous les bâtiments en construction défilent comme de nouvelles promesses et j'ai en moi le sentiment immense du devoir accompli.

Une fois à la maison, portée par cet élan de liberté, je décide de rester un peu dans notre jardin. Grand, bien entretenu, il encercle notre maison. Ses nombreux arbres offrent plusieurs zones ombragées à ma peau blafarde. Je prends plaisir à inspecter nos basilics, nos *Aloe vera* et je rêve qu'un jour nous plantions un palmier-dattier, célébrité de la région de Tozeur. Je n'ai pas envie d'aller m'enfermer tout de suite dans ma chambre. Je croise mes frères Farid et Lyes qui sont paisiblement en train de jouer, à se battre, pour changer. L'envie de partager ma nouvelle avec eux ne me traverse pas l'esprit, il n'y a que lui que j'attends. Adossée au portail de la maison, je me retrouve pour la deuxième fois de la journée à attendre. C'est là qu'il arrive. Mais pas celui que j'espérais. Nous sommes une famille de huit enfants, et ce qui nous unit le plus, ce sont les coups et les disputes. Un peu comme un système où la seule variable est la force physique. Tout en haut de cette chaîne, il y a un chef autoproclamé, Kamel, l'aîné. Son visage d'ange et son corps acéré cachent un tyran aux valeurs moyenâgeuses. Son but, l'extinction de la flamme de ma liberté. Cet après-midi ne déroge pas à la règle. Il vient me demander ce que je *fous* devant la maison. Il insinue qu'une fois de plus je mate les mecs. Loin d'être infondées certains jours, ces accusations sont pourtant erronées aujourd'hui, et le sentiment d'injustice bout en moi.

— Laisse-moi tranquille, tu n'es pas mon père.

Une pluie de coups s'abat sur mon estomac, mes jambes vacillent mais je ne m'écroule pas. Il faut que je tienne, le seul être qui me fait sentir reine au milieu de cet enfer ne devrait plus tarder, et rien ni personne ne m'empêchera de partager mon bonheur avec lui.

— *Chtarm ? Yazi !* (Qu'est-ce que tu fais ? Cesse !)

Ces deux mots arrêtent net mon assaillant. Mon père, Youssef, sort de sa voiture avec des allures de super-héros, il sait qu'il est craint. Le simple bruit de ses clés dans la serrure peut interrompre les querelles les plus explosives entre mes frères, mes sœurs et moi.

— Tu ne frappes pas ta sœur, c'est ma fille, dit-il avec une autorité sans égale.

Sa taille imposante et ses yeux perçants me font moi aussi reculer d'un pas. Mon père n'est pas une personne violente, du moins pas envers ses filles ni envers ma mère. Il est même un parfait gentleman. Mes frères, en revanche, savent qu'ils doivent se tenir à carreau pour éviter une correction.

Mon frère Kamel prend la fuite.

— Ça va, ma fille ? me demande-t-il en me tendant la main pour m'aider à me relever.

Mon père parle couramment français et c'est important pour lui de nous voir exceller dans cette langue. Aussi souvent que possible nous conversons en français. Son mot favori, qu'il prononce plusieurs fois par semaine sous le coup de la colère, c'est *merde*, qui dans sa bouche pourrait se traduire par *je ne veux plus vous entendre.*

— Oui, ça va.

Je plante mon regard dans le sien, je contiens mes larmes.

— Baba, j'ai une grande nouvelle à t'annoncer.

*

Mon père, Youssef, est gérant de la STP, Société tunisienne de prévoyance, responsable du blé et de l'orge. Il achète du blé aux agriculteurs pour le compte de l'État. Régulièrement, des agriculteurs de la région viennent lui présenter des tonnes de blé. Après inspection avec son comptable et sa secrétaire, il remet un bon que l'agriculteur doit déposer au Trésor public pour pouvoir encaisser son argent. Il s'assure toujours d'acheter les sacs de blé aussi cher que possible, au grand bonheur des agriculteurs. Pour le remercier, ces derniers n'hésitent pas à lui laisser des dizaines de sacs de blé supplémentaires qu'on stocke ensuite dans le hangar de notre maison de fonction avant de les revendre à des locaux. Combine simple mais redoutablement efficace, c'est ainsi que mon père devient riche. Très riche.

Le seul bémol de cette vie, les déplacements continus dans la région. Tous les cinq ans, nous devons déménager dans une nouvelle ville. Mon enfance et mon adolescence me ballotteront entre Kairouan, Jendouba et Oued Meliz. Ce maigre prix est aisément contrebalancé par la vie de privilégiés, de bourgeois, que mon père nous offre. Je ne fréquente que les meilleures écoles, avec les meilleurs professeurs. Au collège, en troisième, j'apparais même dans le journal national car je réussis un examen me permettant d'intégrer le célèbre lycée Montfleury à Tunis. Quelle fierté dans les yeux de mon père ce jour-là, même s'il était dépité de devoir laisser sa fille partir vivre dans un internat à plusieurs heures de son domicile.

Je passerai quatre ans dans cet établissement haut de gamme pour filles où le port de l'uniforme est obligatoire. La magnifique porte d'entrée en fer forgé laissait place à un grand parc menant tout droit à la direction. Derrière se trouvait le réfectoire et, à l'étage, les chambres. La mienne était sobrement décorée. Une armoire, un lit et une table de chevet. Ces années-là, les contacts les plus fréquents avec ma famille étaient les colis de nourriture et d'habits qu'ils m'envoyaient pour s'assurer que je ne manque de rien. Ce qui était le cas. Même pas d'eux. Excepté mon père, et mon petit frère Rida avec lequel j'ai toujours eu un lien sincère. Je partageais ma chambre avec Safia, une jeune fille du Kef, qui, sans jamais prendre une place dans mon cœur, me laissera un souvenir agréable, timide, de notre cohabitation. Tout s'organisait sur place, les cours, les repas, les activités sportives. Pas de sorties. Pas de garçons.

Entourée de filles de ministres et de célébrités, j'étais Faouzia, la fille du gérant.

*

Mon père aime entrer chez nous par la cuisine dont l'accès se trouve à l'autre bout du jardin, pour vérifier l'état de nos citronniers et de nos grenadiers. Il marche devant moi. De dos, je crois voir mon sauveur. Son pas, comme tous ses gestes, est mesuré, précis. Je veux un jour me marier avec un homme aussi élégant et attentionné que lui. Tous les mois de mai, il a pour habitude de partir une semaine en amoureux avec ma mère à Tunis *pour ne pas s'oublier*. Ma mère revient chaque fois avec ce qu'elle veut. Un bijou, des habits, ou plus récemment, un parfum. « Rêve d'or » de L.T. Piver. Incontournable au Maghreb, ce parfum me pulvérise les narines de bonheur dès la première inspiration. Ses senteurs de bois de santal, de vétiver, de rose me procurent une joie de vivre intense et pétillante. J'imagine que Paris sent ainsi dans chaque rue, dans chaque avenue, dans chaque étreinte amoureuse.

En entrant dans la cuisine, mon père saisit deux verres, une bouteille d'eau et se dirige vers le salon. Il s'assoit sur notre canapé jaune moutarde à pois noirs, place soigneusement un coussin violet derrière ses lombaires et me sourit. Je vois qu'il veut être à la hauteur de ce que je m'apprête à lui dire.

— Je t'écoute, ma fille.

— Baba, j'ai été prise pour un poste d'institutrice.

Son front se plisse imperceptiblement.

— Tu ne quittes pas la région ?

— Non, papa, c'est à Oued Meliz.

— Donc tu n'as pas besoin de déménager, tu restes vivre ici avec moi ?

— Oui, papa.

— Alors c'est formidable, ma fille. *Mabrouk*, je suis très fier de toi et heureux de voir que tes cheveux repoussent bien, conclut-il avec un sourire complice.

Mon père a toujours voué une forme d'obsession mêlée de fierté à mes cheveux. Je suis blonde, ce qui n'est pas commun en Tunisie. Ses amis lui demandent souvent : « Comment ça se fait que tu as une fille brune et une fille blonde ? » Il se régale à répondre que la mère de Fadila, ma sœur, est tunisienne, alors que ma mère est française. Il le dit avec tant de sérieux que les gens rient jaune, n'étant pas sûrs de déceler l'humour dans ses paroles. Au-delà de leur couleur, mon père aime beaucoup leur longueur. Un des épisodes les plus sombres de notre relation s'est d'ailleurs joué sur ce point précis. J'avais les cheveux longs, très longs, et mon père adorait ça. Un jour, sans trop savoir ce qui m'a pris, je lui ai demandé de l'argent de poche pour me faire couper les cheveux. Malgré les réticences de la coiffeuse j'ai opté pour une coupe garçonne. En rentrant chez moi, je n'ai pas eu besoin de prononcer le moindre mot. La fureur dans les yeux de mon père était limpide. C'est la seule et unique fois que la paume de sa main viendra se fracasser contre ma joue. Il a accompagné son geste d'une phrase prophétique :

« Cette coupe ne va t'apporter que des ennuis ! »

Le soir même je demandai à aller dormir chez ma meilleure amie, Mongia. Mon père accepta, connaissant bien sa maman, Yamina, qui travaillait chez le préfet de Jendouba en tant que cheffe. Mongia ne se remettait pas de ma coupe de cheveux.

« Tu as osé ! Tu as osé ! »

Une fois le choc passé, on s'attela toutes les deux à notre activité favorite, décortiquer chaque page, chaque image, du nouveau numéro de *Salut les copains*. Ce mensuel français représentait la première porte vers l'Hexagone. On passa la soirée à le lire, à contempler et à baver devant chacune de ses célébrités. C'est là que ça m'a frappée. L'idée de cette coupe de cheveux ne m'était pas venue de nulle part. Consciemment ou non, toutes ces stars que je suivais, mois après mois, à travers ce magazine, m'avaient influencée. Voir Demis Roussos, sur la voix duquel j'avais dansé mon premier slow dans une boum clandestine, ou Claude François, avec des cheveux relativement longs, m'avait désarçonnée. Voir Sheila ou encore Françoise Hardy avec des cheveux courts, m'avait inspirée. Je les imaginais affranchies, fortes devant le regard des autres, ça me donnait envie d'être comme elles. Heureuses, insolentes, confiantes.

L'heure tourna et on tomba naturellement de fatigue. C'est un cri strident qui nous sortit de notre sommeil. Je me rappelle encore le visage horrifié de Yamina, puis de celui de Mongia hurlant : « C'est Faouzia, Maman, c'est Faouzia, calme-toi ! »

En moins d'une journée, mes cheveux courts avaient causé plus de désordre que la première cigarette que je n'avais pas encore fumée. Yamina m'avait prise pour un garçon dormant paisiblement dans le lit de sa fille. Moi qui voulais juste me sentir libre, me sentir vivre dans ce pays où naître femme a des airs de condamnation, je me retrouvais une nouvelle fois, malgré moi, rattrapée par la réalité, ma réalité.

*

Printemps 1961, Jendouba, Tunisie

J'ai dix ans. Je tourne en rond dans la maison vide et la faim me guette. Ma mère, dans la cuisine, prépare le repas du soir. Je l'interromps sèchement.

— Yamma, fais-moi du pain et du fromage.
— *Lè. Mouch Taw.* (Non. Pas maintenant.)
Malgré mon jeune âge, je connais déjà le ton du mépris.

— C'est mon père qui a acheté la nourriture, pas toi. J'en veux maintenant.

Ces mots ont à peine franchi mes lèvres que mes jambes se mettent à courir. Elles savent ce qui m'attend. Yamma me prend en chasse. Qu'importent son voile et sa djellaba, en cette fin d'après-midi elle a des allures d'athlète olympique. Elle saute par-dessus la chaise que j'ai jetée au sol pour la ralentir, et ses changements de direction pour me suivre à la trace sont dignes des plus grands félins. Mais j'ai l'agilité de mes dix ans et je lui échappe. Sa colère monte encore, je l'entends hurler derrière moi. Je cours dehors. À l'entrée du jardin, elle saisit une barre de fer posée au sol, et la propulse dans ma direction à la manière d'une lanceuse de javelot. Elle touche sa cible. Je m'effondre et pousse un cri d'une force inouïe. Ma cheville baigne dans une mare de sang. Ma mère ne semble pas horrifiée par ma souffrance. Elle m'en veut trop pour mon insolence. Ben Ammar qui patientait devant notre voiture lui fait remarquer que la barre de fer est rouillée. Il attrape un drap qui séchait dehors, l'applique sur ma cheville en guise de compresse et m'emmène en urgence à l'hôpital pour me faire vacciner contre le tétanos.

*

L'autorité et moi n'avons jamais fait bon ménage. Toute petite, je refuse d'obéir à mes frères, en particulier aux plus jeunes, qui, sous prétexte d'appartenir au sexe dominant, pensent avoir les pleins pouvoirs sur ma personne. « Va me chercher à manger, va me chercher à boire, ramène mes chaussures. » Je n'accepte pas cette position de servante. C'est sans doute ce qui ne cessera d'éroder, jour après jour, mes rapports avec ma famille, notamment avec ma mère, qui ne me trouve pas assez docile, pas assez conciliante. Malgré tout mon amour pour elle, il m'est difficile d'avoir du respect et de l'admiration pour cette femme qui voue sa vie à servir celle d'un autre. Elle a l'air pourtant épanouie, si heureuse au chevet de mon père. Grande, belle, élancée, ses yeux bleus et ses cheveux pleins de henné me font parfois oublier combien elle peut être dure avec moi. Je n'explique son attitude que par la menace potentielle que je représente dans le cœur de mon père. Je suis sa *chouchou*, elle ne le supporte pas. Au moindre faux pas, Yamma n'hésite pas à me battre. Introvertie, réservée, elle n'en est pas moins explosive et loin du cliché des mamans méditerranéennes pleines d'amour et de tendresse pour leur progéniture. Je n'ai aucun souvenir de tendresse avec elle, je ne connais ni l'odeur de sa peau, ni celle de ses cheveux.

À mesure que les années passent et que je deviens adulte, il m'est impossible de me projeter en elle. M'imaginer femme au foyer me fait horreur et ce pays, la Tunisie, m'étouffe avant même de m'avoir permis de respirer. Je n'ai pas le droit de prendre le train seule, les virées au hammam s'effectuent sous escorte et les interactions avec le monde extérieur sont quasi inexistantes. Région agricole, et non pas touristique, Jendouba ne m'offre pas les plaisirs de Tunis, d'Hammamet ou de Sousse, avec des flux de touristes étrangers et des souffles venus d'ailleurs. Moi, là où je grandis, je suis condamnée à respirer le même air. Jamais je n'apprendrai à nager, jamais je n'irai me balader en montagne. Tous les horizons me semblent loin. Je passerai les vingt premières années de ma vie dans ces fours à ciel ouvert que sont Jendouba, Kairouan et Oued

Meliz. Presque tout m'y est interdit, je dois subir les volontés et les humeurs d'une autorité masculine insatiable. Voir mes frères si libres me rappelle chaque jour que je ne le suis pas. C'est seulement des années plus tard que j'ai réalisé à quel point j'avais eu la chance relative d'être née dans le pays le plus libéré du monde arabe.

Nous sommes alors gouvernés par Habib Ben Ali Bourguiba, le *Combattant suprême*. Et ce sera le cas pendant trois décennies. Il nous libérera du protectorat français sous lequel je suis née et multipliera les efforts pour moderniser notre pays. Loin d'être un président idéal à bien des égards, il aura cependant largement contribué à la libération féminine en Tunisie. Tous les parents seront sommés d'inscrire leurs filles à l'école sous peine de sanction. Il accordera le droit de vote aux femmes, mais aussi celui de divorcer, de s'habiller comme bon nous semble, de conduire. Il aura, de fait, amplement mérité son portrait sur ma table de chevet.

*

L'été 1970 passe à une vitesse folle. Je n'ai que la rentrée en ligne de mire. Je veux me confectionner la plus belle garde-robe. La mode occupe une place centrale dans ma vie, j'entre bientôt à l'Éducation nationale, en étant la première femme institutrice de ma ville. Je dois me vêtir du sérieux de la situation. Je consacre mes semaines à préparer plusieurs tenues. Les magasins de prêt-à-porter n'existent pas encore, donc les tailleurs et couturiers font tout sur mesure. Mes influences majeures sont des icônes telles que Brigitte Bardot, Jane Birkin ou encore France Gall. Le monde de la haute couture parisienne me fascine et ma tenue favorite est sans conteste la minijupe. Oui, la minijupe. Elle est très populaire depuis une dizaine d'années en Tunisie. Mon père, qui avait frôlé l'arrêt cardiaque en me voyant les cheveux courts, me complimente sur mes tenues : « Ma fille, tu es la plus belle en minijupe. »

Le soleil se couche une dernière fois sur Jendouba. Demain, je serai institutrice. Je suis stressée, excitée, mais surtout prête à en découdre avec mon destin. J'ignore encore l'ampleur de ce qu'il me réserve. Je touche enfin du doigt mon rêve mais ne peux me résoudre à toucher le sublime repas que ma mère a gentiment cuisiné pour l'occasion. Mon plat préféré de viande à la vapeur cuite dans du thym et du romarin. J'engloutis quelques dattes et pars dans ma chambre. Je veux m'endormir au plus vite. Chose que je ne suis pas en mesure de faire avant trois heures du matin. Fatiguée dès les premiers rayons de soleil, c'est l'appel à la prière qui me tire de mon lit. Une douche, un café, du sorgho et du lait. J'enfile ma robe porte-bonheur. Longue, cintrée, avec des boutons à l'avant, de la poitrine jusqu'aux genoux, suivis d'une fente. De longues manches, un col Mao. Elle est composée de deux violets différents. Ton sur ton. Je suis fin prête, confiante. Ben Ammar m'attend devant la maison pour me conduire vers mon avenir.

Chapitre 2

Septembre 1970, Oued Meliz

À l'instant où nos regards se sont croisés, nous avons su. Non pas que nous nous plaisions, mais que nous étions faits pour nous aimer. Je suis électrocutée. Habib est le nouveau directeur de cet établissement scolaire. Un blazer croisé, une chemise blanche et une cravate bleu foncé en satin. Rarement on a vu un tel niveau d'élégance dans la région. Fraîchement arrivé de Sfax, une ville du sud de la Tunisie, il vient de fêter ses vingt-six ans. Grand, mince, avec des yeux et des cheveux très noirs, son regard doux et intense se loge en moi et me désarme. Comme si c'était la fin d'un combat, d'une guerre, et que je pouvais enfin me rendre. Au cours des prochains mois, je découvrirai un homme instruit, charismatique, au sourire ravageur.

Je me présente rapidement. Il me répond « enchanté » dans un français parfait. Bien plus de regards que de mots sont échangés entre nous ce jour-là et quand vient le moment de la traditionnelle photo de classe, je suis nerveuse. Malgré tous les efforts déployés pour ne pas me retrouver à côté de lui, par peur de paraître trop intéressée, le photographe l'installe juste derrière moi. Je suis aux anges, je me sens sereine, en sécurité et enfin à ma place.

Lors de cette première journée, je rencontre aussi mes collègues. Tous incroyablement aimables. Ils semblent enjoués à l'idée de travailler avec moi, une femme. Habib, suscitant l'admiration, est déjà respecté de tous. Sa façon de s'exprimer et son savoir le confortent naturellement dans sa position de leader. Tout en lui me séduit. Il adore lire et a amassé tant de connaissances qu'il pourrait me divertir pendant plusieurs vies.

Mes débuts sont intenses. Très intenses. Apprendre à connaître mes élèves, me faire respecter, trouver mon rythme d'enseignement, est bien plus complexe que je ne l'avais anticipé. Ajoutez à cela les contrôles impromptus de l'Académie, et tout est réuni pour faire décoller mes niveaux de stress. À deux reprises en l'espace de quelques mois, l'inspecteur Hassan vient à l'improviste vérifier mes méthodes d'enseignement avec une technique peu conventionnelle. Il gare sa voiture loin de l'école pour s'approcher discrètement de l'établissement et longer à quatre pattes le mur de ma classe. Il s'assoit par terre, sous ma fenêtre qui est constamment ouverte, chaleur oblige, et écoute secrètement ma manière d'enseigner. Il passe ensuite à la fin du cours pour me faire un compte rendu. Cette technique, aussi sournoise soit-elle, me met dans une position où je donne constamment mon maximum, ce qui a l'air de payer car je progresse vite, et par ricochet mes élèves aussi. Habib ne manque jamais de me dire que l'enseignement est ma vocation et que c'est lui qui a de la chance d'être tombé sur une institutrice aussi compétente.

Un jour, en plein milieu d'un cours, un élève toque à ma porte pour m'apporter une feuille de papier pliée. Intriguée, je l'ouvre immédiatement pour découvrir un mot écrit à la main, en français :

Tu es magnifique aujourd'hui. Enfin, tu l'es tous les jours.

Cette formulation, aussi attentionnée que maladroite, me fait sourire. Je sais qui en est l'auteur. Ça ne peut être que lui. C'est ainsi que nous avons commencé à flirter par l'intermédiaire de nos élèves pendant des mois. Tous comme des pigeons voyageurs allant de destination en destination, nos élèves passent d'une classe à l'autre, transmettant des mots doux afin de nourrir nos sentiments. De manière épistolaire, j'apprends à le connaître, à distinguer les jours où il est triste de ceux où il est heureux. Il me parle parfois de son enfance, me glissant des souvenirs, ou bien il évoque ses projets, m'ouvrant un avenir que je pensais, jusqu'à lui, impossible. Dans ces lignes, je lis que ses goûts préférés sont le citron et la pistache, qu'il déteste danser et que son arrivée dans la région résulte d'un concours de circonstances car lui visait plutôt Tunis. Il s'intéresse à moi, aussi, me posant chaque fois des questions, m'invitant à la confidence, à la confiance. Nous prenons garde de ne pas éveiller les soupçons car cette relation, bien que sincère, risque d'en déranger plus d'un. Ces messages sont notre seul moyen de nous découvrir. La Tunisie des années 70 ne nous offre pas la possibilité d'aller dîner au restaurant ou de boire un verre sans être mariés.

Et, avec mon père qui a toute la ville dans sa poche, une simple balade n'est même pas envisageable. Chaque jour, quelques instants avant la fin de mon dernier cours, j'aperçois Ben Ammar à travers la fenêtre de ma salle de classe, prêt à me ramener au domicile familial. Je me sens comme un oiseau en cage, mais au moins cette cage a désormais le mérite de contenir l'être le plus cher à mon cœur.

*

Les saisons passent, nous vivons pour nous et nos sentiments grandissent. Tels deux adolescents, rien ne semble pouvoir nous atteindre.

Jusqu'à ce que je reçoive ce mot, que je redoutais autant que je l'espérais, car je savais qu'il changerait tout.

J'ai un problème Faouzia... Je crois que je t'aime.

Ce jour-là, dehors, le ciel est paisible, le printemps est clair, mais je sens en moi mon cœur s'assombrir. Je ne lui réponds pas. Je ne sais pas quoi dire. Je l'aime moi aussi, mais je sais que rien ne sera simple entre nous. En fin de journée, une fois les élèves partis, il vient me trouver dans ma salle de classe avec un air abattu.

— Je t'ai fait peur ? Ce n'est pas réciproque ?

— Mais bien sûr que si, ça l'est !

Jamais je n'oublierai cette discussion où il me dira avec tant d'amour, de passion, de conviction qu'il veut vivre avec moi, fonder une famille, avoir des enfants et qu'il est prêt à tout pour ça. Une gêne au fond de moi s'est réveillée. Une information que j'avais intégrée dès le premier jour et que j'avais sans doute voulu oublier. Habib est originaire de Sfax, c'est-à-dire du sud de la Tunisie. Mon père ne l'acceptera pas. Trop présent, le racisme régional détruit les espoirs des amoureux de contrées éloignées. Les Tunisiens du Sud, plus foncés, n'ont pas bonne réputation auprès de la classe bourgeoise tunisienne. Ces préjugés prennent racine dans notre passé colonial et s'installent depuis des générations dans l'imaginaire du peuple tunisien : ce qui est blanc est pur, noble, raffiné, alors que les Noirs représentent l'esclavage, la misère et la pauvreté. Mon silence trahit l'inquiétude naissante dans mon regard pendant qu'Habib tente de me rassurer à force de mots et de gestes tendres. Alors, dans un temps suspendu, il prend mon visage soucieux entre ses mains et pose avec douceur ses lèvres sur les miennes. Mon amour pour lui l'emporte. Je ne peux qu'y croire. Sa promesse de parler à mon père porte un parfum de miel, quand ce premier baiser échangé, mêlé à mes larmes, me laisse un goût de sel.

En ce premier soir de printemps, j'irai dans le jardin où mon père fume paisiblement près de nos grenadiers, pour tenter quelque chose.

Ne sachant par où commencer, et avec l'assurance de celle qui n'a rien à perdre, je me jette à l'eau :

— Papa, je suis tombée amoureuse du directeur de l'école.

Un silence lourd s'installe.

— Et c'est réciproque.

Je sens le poids du monde entre mon père et moi. Ma vie entière se joue là.

Sa réponse ne se fait pas attendre. Inflexible et méprisante.

— Avec le Sfaxien, là ? Non, non et non ! lâche-t-il dans une colère qu'il ne peut cacher tant son visage a déjà viré au rouge.

Tout mon vocabulaire, toutes mes émotions n'arriveront pas à lui faire entendre que je lui parle de l'amour, le vrai, celui que tant de gens ne trouvent jamais. Mais il n'a que faire de mes paroles, de mes larmes, de mes supplications. J'ai beau lui décrire un jeune homme éduqué, directeur d'école, tendre, respectueux, il ne voit qu'un Sfaxien.

Dans un ultime déchirement, je lui dis qu'Habib va venir pour lui demander ma main. Alors mon père se calme brutalement et plante son regard dans le mien. Mon corps se fige, mon esprit se glace.

— Qu'il ne tente même pas, ma fille. Tu te marieras avec un garçon de la région, comme ça, je te verrai tous les jours.

Mon amour est à terre. Mon père me tourne le dos. Il n'y a même pas l'espoir d'une bataille à mener.

La discussion du lendemain avec Habib est douloureuse. Je fonds en larmes à la pause déjeuner mais lui, déterminé, me rassure encore.

— Tu viens juste de lui annoncer la nouvelle. Laisse-lui un peu de temps. Il va s'y faire et j'irai lui parler.

De toute évidence, il ne connaît pas mon père. Je suis perdue, déboussolée, d'un côté Habib garde un optimisme à toute épreuve, mais, au fond de moi, je sais que les dés sont jetés. Mon père ne changera pas d'avis. Je recommence à maudire cette vie, ce pays, ma famille et ce *mektoub* qui me met l'amour sous le nez pour m'empêcher d'y goûter.

*

Les semaines passent et les premières frictions avec Habib apparaissent. On a parfois des tensions fortes par messages interposés, ce qui agace sérieusement les élèves se retrouvant à faire des dizaines d'allers-retours par jour. Je vois aussi les autres instituteurs murmurer lors de mon passage. Quand les émotions débordent, quand les émotions l'emportent, il est bien délicat de garder ses cartes près de soi.

Un matin, l'inspecteur vient nous rendre visite à l'école. Il gare sa voiture devant le portail, on comprend que ce n'est pas une visite habituelle. Convoqués pour un entretien d'urgence, Habib et moi écoutons attentivement Hassan nous expliquer comment la nouvelle du directeur qui veut épouser sa subordonnée s'est répandue dans tout Oued Meliz. D'un ton sec mais amical, il a à cœur de nous aider pour éviter que cela ne perturbe les élèves, notre réputation et le bon fonctionnement de l'école.

On lui explique la situation sans détour, il apprécie notre franchise qu'il interprète justement comme de la confiance :

— Vous êtes jeunes, beaux, vous vous aimez, c'est une bonne nouvelle.

— Mon père ne le voit pas du même œil, dis-je avec une voix blanche. Il est fou de rage. Il n'acceptera jamais.

— Pourquoi ? Ce n'est pas possible ! Pourquoi ne veut-il pas, alors que vous vous aimez ?

Sa réaction me rassure, sur le coup. Enfin un homme qui réagit normalement. Je regarde Habib, il ne lâche pas un mot mais il me prend doucement la main. L'inspecteur semble touché par ce geste. Il reprend, plus assuré encore :

— Faites le dos rond. Laissez passer l'orage et je viendrai vous fiancer à l'aide d'un notaire à la fin de l'année scolaire.

Je comprends alors son implication. L'inspecteur, lui aussi originaire du sud de la Tunisie, a sûrement dû vivre une telle injustice par le passé. Son empathie à notre égard m'en donne l'impression du moins. À travers nous, il vient peut-être réparer sa propre blessure.

Habib et moi arrêtons de nous envoyer des messages, nous reprenons nos vies d'instituteurs. Seuls les regards nous restent. Seuls nos désirs muets perdurent. À la maison, je n'échange quasiment plus avec ma famille. Je me contente de prendre mes repas et de filer dans ma chambre pour attendre le lever du soleil et repartir à l'école.

La chaleur s'installe. En fin d'année scolaire, les rumeurs se sont taries, l'inspecteur vient à nouveau, accompagné d'un notaire cette fois-ci. Il a tenu sa promesse. Habib a acheté une bague de fiançailles en or blanc avec une pierre de diamant à l'intérieur. Notre situation clandestine m'empêche d'apprécier ce bijou à sa juste beauté mais nos fiançailles sont scellées par Hassan, officiant en tant que représentant et comme témoin masculin de mon côté. Le mariage aura lieu dans six mois, lors des vacances de Noël.

Je ne porterai pas la bague durant l'été par respect pour mon père mais, une fois de plus, les bruits à Jendouba se répandent plus vite que la peste. Yamina, la mère de mon amie Mongia, me racontera comment, après avoir voulu féliciter mon père pour mon union avec Habib lors d'un dîner chez le préfet, elle recueillit ses foudres : « Présentez-moi vos condoléances plutôt, car j'ai perdu ma fille. »

*

L'été 1971 passe lentement. Je ne verrai pas Habib pendant plus de six semaines, ce qui me semblera une éternité. Mes rapports avec mes proches sont désormais rompus. Je vis seule au sein de ma famille. Mon frère aîné, ainsi que mes parents, ne m'adressent pas le moindre mot, pire ils évitent mon regard. Je sens que les plus jeunes, notamment Rida, ont envie de venir vers moi, mais la menace de la ceinture de mon père les en dissuade. Observer en cachette la bague qu'Habib m'a offerte est ma seule échappatoire.

À la rentrée, j'apprends que l'été d'Habib fut bien pire. Une nuit, en plein mois d'août, mon frère Kamel, sous les ordres de mon père, est parti le rouer de coups, lui assénant de quitter la région définitivement afin d'éviter une tragédie. Mon frère est une brute, je l'ai toujours su, mais que mon père aille si loin contre mes sentiments me fait mal. Habib est resté, un peu pour lui-même et pour ses élèves, beaucoup pour moi. Il m'explique qu'il n'a pas pu se défendre en conséquence, à cause d'une artère bouchée près de son cœur qui le rend inapte à toute pratique sportive intense. Je le découvre au récit qu'il me fait de cette sordide affaire. Il comprend à mon regard que je suis effarée. Il me prend délicatement les mains et me rassure. Il a jugé inutile d'aller voir la police, ça n'aurait fait qu'aggraver la situation, compte tenu de toutes les connexions de mon père. À part moi, donc, personne n'entendra parler de cette histoire.

La reprise de l'école est une bouffée d'air frais. Revoir mes élèves et l'homme de mes rêves me remplit le cœur de joie. La perspective de notre mariage dans quelques mois seulement, couplée aux premiers efforts d'Habib pour aménager son appartement, nous donne une énergie sans pareille. Me voyant lumineuse et forte, ma famille devient de plus en plus exécrable avec moi. Les insultes de mes frères aînés à mon égard fusent sans retenue et le silence de mes parents me pèse. J'ai l'impression de pouvoir me retrouver à la rue d'une minute à l'autre. Je sens que quelque chose se trame. Je ne saurais dire quoi, mais je le sens. L'orage n'est pas encore passé.

*

En ce début d'automne, nous déjeunons Habib et moi sur le seul carré d'herbe en état devant l'école quand nous voyons un homme courir dans notre direction.

— *Si* (monsieur) Habib ! *Si* Habib ! Votre maison brûle, c'est le fils du gérant, je l'ai vu !

« Kamel… », je pense immédiatement, puis je vois Habib se précipiter avec deux autres instituteurs vers sa maison.

Pas un mot sur le sujet ne sera prononcé le soir à la maison, mais je ne peux m'empêcher de mitrailler du regard mon frère qui arbore un sourire des plus narquois.

Le lendemain, Habib minimise la situation en me disant que presque rien n'a brûlé, sans savoir qu'un des instituteurs présents m'a déjà confié que c'était un désastre. Le sentiment d'impuissance ressenti à ce moment précis vibre encore en moi aujourd'hui. Impossible de confronter ma famille, inutile de s'appuyer sur un système judiciaire aussi corrompu qu'injuste. Quelles sont nos options, sinon celle d'avancer, avancer encore, et attendre des jours meilleurs ?

Habib reprend l'envoi de mots doux, enrobés d'espoir :

Tiens bon. Une fois mariés tout ira bien. On pourra être mutés ailleurs.

Jamais, de toute ma vie, je n'ai rencontré un homme aussi solaire, aussi optimiste, aussi amoureux de moi. Chaque jour qui passe nous conduit un peu plus vers celui de notre union.

Je sens ma liberté à portée de main, et l'autre, enfin glissée dans la sienne.

Mais un matin, je ne vois pas Habib à l'école. Le lendemain non plus. Surprise, je m'interroge sur la situation. Notre mariage a lieu dans trois semaines et l'idée qu'il se dégonfle commence à m'effleurer l'esprit. Le doute me gagne. Et si une nouvelle agression l'avait cette fois convaincu de changer d'avis ? J'étudie le comportement de ma famille le soir, pour voir s'ils n'ont pas manigancé quelque chose, s'ils ne lui ont pas fait du mal, mais je ne suis pas en mesure de déceler quoi que ce soit. Ce n'est que deux jours plus tard que j'apprends par le directeur adjoint qu'Habib est tombé malade. Très malade. La Tunisie est frappée par une violente épidémie de grippe, et Habib en fait les frais. En sortant de l'école, je supplie Ben Ammar de faire un détour par son domicile, il refuse. Il tient à moi, mais il ne peut pas faire ça, les conséquences seraient trop graves. Le soir, mon père me prévient de ne surtout pas quitter la maison si je ne veux pas morfler. C'est la première fois qu'il me parle depuis des mois. La première fois aussi qu'il me menace.

Voilà une semaine qu'Habib n'est pas revenu à l'école, et ce matin je sens comme une gêne dans ma poitrine. Levée depuis l'aube, j'ai l'impression qu'une voix me chuchote : « Habib nous quitte. » Ma mère, à l'affût du moindre bruit, se réveille et me demande où je vais. Prise de panique, je la supplie :

— Yamma, s'il te plaît, ouvre-moi la porte, doucement, sans que Papa s'en aperçoive. J'ai le sentiment que quelque chose de grave est arrivé.

— Non, ton père va me tuer si je te laisse partir.

Je demande à nouveau, je la supplie, je suis sûre de moi, de l'urgence que je sens poindre :

— Yamma, s'il te plaît, ouvre-moi, s'il te plaît.

Depuis des mois, la porte du jardin est fermée avec une clé qu'elle garde dans son soutien-gorge pour s'assurer que je ne sorte pas. Sentant l'extrême détresse dans mes yeux, ma mère cède et je pars comme une flèche. Je cours, cours, cours, jusqu'à lui… Le froid dehors me tétanise et me brûle les poumons, le soleil ne réchauffe pas encore, mais je cours sans m'arrêter. Quand j'ouvre sa porte, la peur devient réelle, Habib est là, agonisant.

Il me voit et fond en larmes. Ses joues sont creuses, ses bras tout fins. Il semble avoir perdu tant de poids en l'espace d'une semaine. Amoindri, affaibli, il peine à respirer. Son artère l'a lâché. Le médecin est déjà passé à deux reprises cette semaine.

Que dois-je faire ? Mon cœur bat trop fort, ma vue se brouille. Je viens m'asseoir sur son lit et pose ma tête sur son front. Je ferme les yeux, je calme ma respiration pour apaiser la sienne. Dans l'épaisseur de l'instant, je pense à notre mariage, à son sourire, à nos promesses, à tous ces mots échangés et à tous ceux qu'il nous reste à dire. Je pense à ma vie dans ses bras, à ma joie de le voir chaque matin dans la lumière du jour et à celle de m'endormir chaque soir auprès de lui. Je pense à notre maison, à la couleur des murs, à l'odeur du café, aux petits plats que j'aimerai lui faire et aux tablées d'amis que nous accueillerons. Je pense à nos enfants, aux rires et aux câlins qui les feront grandir. Je pense au bon père qu'il sera et à l'époux dont je serai fière. J'appuie ma joue contre la sienne, le serre un peu plus fort contre moi. Ma vie défile à ses côtés, elle est si belle.

Tout a la grâce des évidences. Je veux rester pour toujours dans ses bras. Encore un peu de lui, de nous. Reste avec moi, Habib, je ne suis pas prête, reste avec moi.

Il meurt quelques instants plus tard.

Le bruit de son dernier souffle me sort de mon propre corps, je me sens partir dans une furie incontrôlable. Alors, en m'arrachant à lui je me détache de moi-même, je hurle, je pleure, je me tire les cheveux. Je ne peux plus m'arrêter. Les voisins accourent, horrifiés. La scène funeste qu'on leur offre les laisse sans voix.

La violence de ce moment ne m'a plus jamais quittée.

En début d'après-midi, j'appelle son oncle, Mokhtar, proviseur dans un grand lycée au Kef. L'annonce de la mort de son neveu lui fait beaucoup de mal. Une heure seulement s'est écoulée quand il arrive dans une ambulance. Tout aussi élégant que son neveu, il marche d'un pas pressé dans notre direction et fait signe au médecin de se hâter. Comme si le temps était encore compté. Le corps inanimé d'Habib douche les espoirs qu'il avait nourris. Ne comprenant pas pourquoi la majeure partie de l'appartement est brûlée, il me hurle dessus avec des yeux larmoyants : « Mais que s'est-il passé ici ? Pourquoi Habib est mort ? Soyez tous maudits ! »

Il a raison. Je suis maudite, maudite d'être une femme, maudite de vivre en Tunisie, maudite d'avoir perdu l'amour de ma vie. J'ignore encore que l'avenir qui m'attend ne sera que la réalisation de cette malédiction. Je rentre chez moi le soir, vide, assommée, sans plus aucune larme dans mon corps. Le premier coucher de soleil sans Habib sur terre vient d'avoir lieu. Incapable de manger quoi que ce soit je vais me coucher pour entendre ma porte s'ouvrir quelques minutes plus tard. C'est mon père, venu prononcer l'impensable :

— Un chien de perdu, dix de retrouvés, bonne nuit ma fille.

*

Plus jamais je ne remettrai un pied dans l'école de Oued Meliz. Faire face à tous ces bouts de papier, tous ces bouts de passé, est au-dessus de mes forces. Tout me ramène à lui.

La ville, le regard des élèves, l'ennui. Seule cette maison me convient. Il n'y a jamais mis les pieds. Il n'y a jamais été le bienvenu. J'imagine que l'enterrement d'Habib aura lieu dans un bel endroit à Sfax, un cimetière en pleine nature, en hauteur, avec une vue dégagée sur la mer. L'idée de demander à mon père de pouvoir y assister me traverse l'esprit des milliers de fois, mais aucune ne franchit mes lèvres. Je connais la réponse. Et puis, une part de moi veut ignorer sa mort. Il est plus facile d'oublier ce que l'on n'a pas vu. Je ne veux pas voir le visage de sa mère baigné de larmes, je ne veux pas voir ses frères me pointer du doigt, je ne veux pas revoir le visage de son oncle durci par la colère, surtout, surtout, je ne veux jamais voir le corps d'Habib disparaître sous terre.

Inerte de l'intérieur, je n'ai plus hâte de rien. Je m'éteins à petit feu. Les mois passent, je ne réponds qu'aux tâches essentielles pour être considérée comme cliniquement en vie. Régulièrement, on m'envoie chez le médecin qui finit par me conseiller de reprendre le travail, tout en changeant d'école. Il en aura peut-être touché deux mots à Hassan, l'inspecteur et témoin de mes fiançailles, car celui-ci m'appelle un jour sur le téléphone fixe pour me dire qu'il peut me trouver un autre établissement scolaire si je le souhaite.

— Merci, monsieur, mais mon père n'acceptera jamais que je travaille en dehors de notre ville. Je dois travailler pas loin afin d'être rentrée tous les soirs.

— Dans ce cas, je ne peux plus rien faire pour toi, me dit-il.

La discussion s'arrête là. Ce sera notre dernier échange.

Chapitre 3

Été 1972, Jendouba

— Faouzia, t'es là ? Je peux entrer ?
— *Chkoun ?* (C'est qui ?)
— Leila, dit-elle en ouvrant la porte de ma chambre.

Elle vient m'inviter en personne à son mariage, qui a lieu dans quelques jours. C'est bien le dernier endroit sur terre où j'ai envie d'aller, un mariage. Célébrer l'amour relève de l'insensé. Son père, Saïd, très bon ami du mien, lui a sûrement demandé de m'inviter. Nous sommes voisines mais pas proches pour autant, j'imagine donc un stratagème pour m'extirper de l'état léthargique dans lequel je suis plongée depuis un long moment. Leila menace de ne plus me parler si je ne viens pas, comme si cela pouvait avoir un quelconque poids sur ma décision. En revanche, elle mentionne la *molokheya* de sa mère, ce qui donne une tournure différente à cette conversation. Je ne manque jamais une occasion de goûter ce plat traditionnel que ma mère ne maîtrise pas. Plusieurs mois passés à déprimer au fond de mon lit m'ont fait perdre le goût. Mais, pour la première fois, je ressens l'envie de manger quelque chose. Peut-être est-ce la dernière avant de partir pour de bon.

— Si je viens, ce sera sans maquillage.

— L'essentiel c'est que tu sois là.

*

C'est le jour J. Le soleil brille haut et fort dans le ciel en ce mois de juillet. Cela fait si longtemps que je n'ai pas mis un pied dehors. Tout m'agresse visuellement. Les rayons chauds, le monde, les voitures. Je manque de me faire écraser par un abruti dans une Fiat 500 décapotable qui passe à fond dans les rues de Oued Meliz. Sûrement un de ces Tunisiens vivant en France, « venu frimer ici l'été alors qu'il dort sous des ponts là-bas », comme dirait mon père. J'approche de la maison de Leila quand j'aperçois Mongia avec un groupe d'amis. Ils guettent les belles voitures afin de les convaincre de participer au cortège. C'est à cet instant que le chauffard se gare près de nous. Les autres lui demandent enthousiastes s'il veut bien transporter la mariée jusqu'à la salle dans sa belle voiture.

— J'accepte à une condition. La blonde s'assoit à côté de moi, lâche-t-il en me pointant du doigt.

— Hors de question, je réponds sans un regard.

— Dans ce cas, je ne viens pas.

Les invités m'encerclent et me supplient pendant plusieurs minutes, je reste ferme. Mais quand Leila, la mariée, me le demande à son tour, je ne peux que céder. Elle s'installe, ravie, à l'arrière de la belle voiture, j'ouvre avec précaution la portière avant et m'assois à mon tour. Le conducteur me dévore des yeux.

— Comment tu t'appelles ? Moi, c'est Hamza.

— Roule, on va être en retard.

La voiture démarre, en même temps que son sourire.

*

On ne danse pas ensemble, on parle peu. Moi, du moins, parce que lui essaie de capter mon attention par tous les moyens. La soirée se prolonge tard dans la nuit, la fête nous entoure, Leila semble heureuse de son mariage. Je me perçois loin de toute cette agitation, comme si je n'évoluais plus à la même fréquence que le reste du monde, mais je ne me sens pas mal pour autant. Quitter mon lit me fait du bien. Je suis simplement imperméable à la joie des autres. À mesure que les heures passent, je vois Hamza s'attacher à moi, sincèrement, maladroitement. Je n'essaie pas de le prévenir de l'indisponibilité de mon cœur, non pas par méchanceté, mais par égoïsme. Il m'apparaît divertissant, drôle, sociable. Il me change les idées sans que j'aie à fournir d'efforts, il me fait rire, et tout ça sans représenter la moindre menace pour la mémoire d'Habib. Petit, peu cultivé, fils de paysans, aucune comparaison n'est possible, et ça me va très bien. Avec passion, il me parle de sa vie en France, de comment il prévoit d'y faire fortune. Moi, je l'écoute. Jamais je n'aurais imaginé qu'il nourrirait de telles ambitions pour nous en l'espace d'une soirée. Je trouve ça charmant et ridicule à la fois.

Je rentre finalement chez moi avec l'étrange impression d'avoir participé à un film sans y avoir joué le moindre rôle.

Le lendemain, Ben Ammar vient me dire qu'un jeune Franco-Tunisien du nom d'Hamza s'est présenté à lui : « Dis à Faouzia que je vais demander sa main à son père, que je veux me marier avec elle, et que je l'emmène en France avec moi. »

C'est un choc. Ben Ammar lit dans mes yeux ma sidération.

L'idée d'épouser cet homme inculte me donne la nausée. Le simple fait qu'il ose, si vite, si assurément, demander ma main, réveille en moi le mépris qu'il m'avait inspiré au volant de sa voiture. Mais, bizarrement, mon esprit s'évade rapidement vers la France. Le mariage devient un détail, un moyen, ma seule échappatoire. Plus j'y pense, plus j'y crois. Rester à Oued Meliz serait signer mon arrêt de mort, j'en suis convaincue. Je meurs ici à petit feu depuis trop longtemps. Le pays de *Salut les copains*, en revanche, peut m'offrir une nouvelle vie. J'y croiserai peut-être même Isabelle Adjani un jour – qui sait.

Face à moi, impassible, Ben Ammar me dévisage. Devine-t-il seulement ce que je m'apprête à lui répondre ? D'une voix que je ne me connais pas, je m'entends prononcer : « Qu'il envoie son père parler au mien, je suis d'accord. »

Quelques jours plus tard, assise dans la cuisine à manger des graines de tournesol, j'entends sonner. J'ouvre la porte et découvre un homme âgé au regard consumé. Mon cerveau percute instantanément. Pas à son aise, il me dit :

— *Raslama* (bonjour), je suis Ahmed, le papa d'Hamza.

Je lui réponds avec un grand sourire. Hamza a donc tenu parole.

— Entrez, *maahba* (bienvenue), moi c'est Faouzia.

On entre dans le salon, mon père sort de sa chambre. Une fois les présentations faites, Ahmed n'a pas le temps de prononcer le moindre mot.

— C'est non ! Qu'est-ce que tu crois ? Que je vais donner ma fille à ton fils qui dort sur des cartons en France ? Mais tu rêves !

Quelle arrogance dans sa voix, quelle cruauté dans ses mots. Ce vieil homme semblait s'être armé du courage d'une vie pour venir ici.

— Ne remets plus les pieds ici, sors !

C'est ainsi que s'achève cette tentative de demande en mariage. Je vais dans le jardin extérioriser ma peine. Refuser cette demande, c'est me refuser le droit d'un nouveau départ. Ben Ammar s'approche pour me réconforter :

— Gardez foi en la vie, Mademoiselle Faouzia.

Sa parole et sa pudeur me touchent. Mais à vrai dire, reste-t-il encore quelque chose de vivant en moi ? Je ne sais pas.

— J'irai parler à Hamza pour lui expliquer la situation, reposez-vous, ajoute-t-il en s'éloignant.

Le lendemain matin, Ben Ammar me propose d'aller faire les courses avec lui pour acheter des outils nécessaires à l'entretien du jardin. Son ton insistant me force à accepter. C'est lors de ce trajet qu'il m'explique le plan d'Hamza pour m'extirper de cette prison familiale. Prêt à beaucoup pour que je devienne sa femme, il veut prendre des risques considérables pour *me sauver.*

— T'en penses quoi, toi, Ben Ammar ?

— Je pense que vous êtes malheureuse depuis longtemps, Mademoiselle Faouzia.

— Ce n'est pas un piège que tu me tends ?

— Jamais je ne vous ferai du mal, jamais. Je n'ai pas su vous aider, la première fois. Je… je suis désolé.

*

Mon acte de naissance et une dizaine de photos d'identité plus tard, le plan d'évasion est en marche. Tout va très vite. Hamza est chargé de faire mon passeport à Tunis où il a des connaissances, et moi je n'ai qu'à me tenir prête. Dans une semaine, je quitte Oued Meliz, la Tunisie, et ma peine.

Ces quelques jours précédant mon départ sont l'occasion d'aller me balader dans mes endroits préférés, de voir mes amies, et d'échanger avec les quelques membres de ma famille proche qui me parlent encore. Je ne peux m'empêcher de conclure que plus grand-chose ne me retient ici. Du haut de mes vingt et un ans, j'ai le sentiment d'avoir atteint le point de non-retour avec mes frères et sœurs, avec mes parents, avec mon pays. Mon salut viendra de la fuite. Pleine d'espoirs, de rêves quant à la France, je n'ai pas d'idées précises sur ce qui m'attend là-bas mais ce sera toujours mieux que de dépérir ici. Je dois aller de l'avant pour ne pas sombrer.

Un après-midi, alors que tout le monde travaille ou fait la sieste, Ben Ammar passe dans ma chambre et me dit : « Demain matin cinq heures trente, soyez prête devant la maison. » Mon cœur se met à battre fort dans ma poitrine. Bouche bée, j'acquiesce d'un signe de tête. Cela arrive vraiment. Je dormirai quelques heures à peine cette nuit. Décider quoi mettre dans le petit sac que je me suis autorisée à prendre relève de l'impossible. Le soleil se lève avec mon esprit. Machinalement je m'habille, prends mon sac et sors par la porte du jardin que ma mère ne juge plus utile de fermer à clé depuis le décès d'Habib. Je monte dans un taxi et pars pour Tunis.

Deux heures plus tard, j'arrive, Hamza ouvre ma portière tout sourire. Il tente de m'embrasser, c'est ma joue que je tends. Je ne suis pas prête à d'autres marques d'affection. Je perçois sa déception, mais je n'ai pas le courage de me dévoiler. Avec le vol à vingt heures, nous devons passer la journée ensemble à Tunis, cela nous laissera du temps pour discuter. Je propose une balade à Sidi Bou Saïd, nous avions pour habitude d'y aller avec mes parents lors de nos séjours à Tunis.

Les rues pavées, les maisons bleu et blanc, et les petites galeries d'art rendent notre promenade étonnamment romantique. On se pose dans un café en plein air sur les hauteurs avec plein de mosaïques au sol, je le regarde pour la première fois. Un visage rond, des pommettes hautes, des yeux très noirs. Une forte énergie émane de lui mais je ne saurais la caractériser. Je ressens le besoin de lui parler.

— Hamza, on ne se connaît pas toi et moi, je ne veux pas te blesser car tu as l'air d'être un gentil garçon, mais je ne t'aime pas et je ne pense pas que je t'aimerai un jour. On peut annuler ce voyage si tu le veux. Je me dois d'être honnête avec toi avant de monter dans cet avion.

Il marque un temps d'arrêt. La dureté de mes paroles doit l'avoir éteint.

Il n'en est rien. Il me répond avec un sourire plein d'espoir, sa voix est calme.

— Ce n'est pas grave, avec le temps tu m'aimeras, Faouzia, j'en suis sûr.

Sa réponse, aussi folle que la situation, me gêne, mais je ne laisse rien paraître. Je suis étourdie par ce qui se dresse devant moi. Pour la première fois mes pieds foulent un aéroport. Il y a une forme de magie à voir autant de destinations sur ces panneaux géants et tous ces gens partir dans toutes les directions. J'ignorais que le reste du monde était si proche. Je respire l'odeur de la liberté et mon corps me confirme que partir est la bonne solution. La seule.

*

Deux heures dans les airs. Mon arrivée à l'aéroport de Marseille m'émerveille. Les lumières au sol rendent mon premier vol inoubliable, presque féerique. Et puis tous ces lampadaires, tous ces luminaires dans les ruelles provençales me donnent l'impression d'être dans une ville ensoleillée en pleine obscurité. Surprise, à la sortie de l'avion, l'air est aussi bon et doux qu'en Tunisie. C'est au moment où je pose ce constat agréable qu'une rafale, d'une force inouïe, vient nous percuter de plein fouet. « C'est le mistral ! » me lance Hamza, rieur.

Son ami, Jil, est venu nous chercher et nous conduit dans un vieux studio, rue Paul-Doumer, à Aix-en-Provence. Petit hall, petite cuisine, les jolies tomettes rouges au sol ne peuvent combler le manque d'espace entre ces murs. Sans balcon, avec seulement deux fenêtres, je sens que je peux suffoquer vite, mais il va falloir s'y faire. C'est là que nous vivrons en attendant de trouver mieux.

Les premières nuits aux côtés d'Hamza ne sont pas simples. J'invoque toutes sortes de raisons pour qu'aucune intimité ne se crée. Fatigue, piété, besoin de m'acclimater. Je ne veux pas qu'il me touche. Ses mains sur ma peau me sont insupportables. J'ai accepté de venir, mais, au fond de moi, je sais combien je ne veux pas être avec lui. L'étroitesse du lieu n'entraîne aucun rapprochement entre nous. Nous resterons quelques semaines ainsi, dans cet appartement exigu et pourtant loin l'un de l'autre, avant d'emménager dans la cité Beisson.

Trois mois plus tard, nous nous installons dans un appartement plus grand, surtout plus lumineux. J'ai la charge de meubler notre nouvel espace, je suis impatiente de ce nouvel emménagement. Hamza ne veut pas s'en occuper. J'ai enfin les pleins pouvoirs sur quelque chose : la décoration. J'arpente tous les recoins d'Aix-en-

Provence à la recherche de beau mobilier. J'ai besoin que cet intérieur me ressemble, qu'il m'aide à contrer la tristesse qui m'accompagne depuis mon arrivée. Je déniche un joli canapé en velours accompagné de ses deux fauteuils marron. Un bahut en merisier avec une table et ses six chaises assorties. Je découvre le marché de la ZUP où je mets de côté de la belle vaisselle aux motifs orientaux. Couverts, assiettes, verres, service à thé. Tout y est.

Je prends mes marques, tout est neuf et à mon goût. Je commence à me détendre, je fais connaissance avec quelques voisines, le poids qui m'oppressait depuis mon départ s'allège dans ma poitrine. Le passage d'une vie bourgeoise, dans une belle maison, avec jardin et employés, à une vie d'appartement dans une cité du sud de la France est étonnamment fluide. Loin de mon amour déchu et des pressions familiales, Beisson a tout pour me plaire. Nichée sur les hauteurs d'Aix-en-Provence, à quelques minutes du centre-ville, c'est un conglomérat de bâtiments allongés avec peu de hauteur. Fraîchement construits, les murs se font tous face et donneraient presque le sentiment d'être à l'étroit, s'il n'y avait pas cette vue imprenable sur la célèbre montagne Sainte-Victoire. Tout près se trouve l'atelier du peintre Paul Cézanne que j'irai visiter à la première occasion. Beaucoup de familles nombreuses vivent ici, elles semblent se connaître depuis toujours. L'endroit est calme, respectueux, nous faisons partie des premiers immigrés au milieu de ces familles françaises, pour beaucoup militaires. Le bâtiment dans lequel nous habitons se nomme « la banane » en référence à sa forme. Je suis bien loin de l'opulence dans laquelle j'ai grandi, mais cela reste une superbe roue de secours.

J'ignore que je viens d'emménager ici pour les cinquante prochaines années de ma vie.

Les premières fois que je sors me promener, j'appréhende le regard des gens sur moi dans la rue. Je ne sais pas ce qu'ils voient. Une femme. Une femme en fuite ? Une femme arabe ? Une femme immigrée ? Je suis blanche de peau et je parle français. Personne n'imagine que je viens de Tunisie. Je ne perçois pas de distance, encore moins de méfiance. D'ailleurs, en France, je ne ressentirai jamais de racisme à mon égard. Je le verrai, sous toutes ses formes, mais je n'en serai jamais la cible.

Mon intégration est facile. Cette nouvelle vie peut me plaire, je me crée de nouvelles habitudes et me sociabilise rapidement. En témoigne Béatrice, l'adorable boulangère de ma rue, qui prend de mes nouvelles chaque matin quand je la croise.

Après avoir pris un peu mes marques, je m'attelle à une tâche douloureuse, écrire une lettre à mon père. Je pense à lui, à ma mère, aussi, j'ai mal en imaginant l'inquiétude que j'ai dû leur causer. Voilà des mois que je suis partie.

Baba,

Je t'écris pour te demander pardon. Pardon d'être partie ainsi. Pardon de t'avoir humilié. Je ne sais pas ce que tu diras aux gens quant à mon départ mais je dirai tout ce que tu voudras pour que tu gardes ta dignité. Je le sais, tu ne me veux que du bien, mais cette dernière année tu m'as beaucoup blessée. Je suis partie car j'ai fait le choix de vivre et ce n'était plus possible à Oued Meliz. Mon amour pour Habib était vrai, Papa. Tu ne l'as pas accepté. Je suis en France maintenant, à Aix-en-Provence. Je suis bien ici avec Hamza, le fils du paysan, ne t'inquiète pas pour moi.

J'espère que tu trouveras la force de me pardonner, le Paradis se trouve sous tes pieds.
Je serai toujours ta fille et toi mon père.
À bientôt inchallah,

Faouzia

Jamais je ne recevrai de réponse à cette lettre. Jamais je ne reverrai mon père.

*

Hamza est gentil, si gentil. Je sais qu'il fait tout pour me séduire, tout pour que je me sente à l'aise. La flamme qu'il espère faire naître en moi ne voit pourtant pas le jour. Est-ce lié à lui personnellement ou bien mon cœur s'est-il éteint à jamais ? Je ne saurais le dire. Un soir il m'explique que ce serait une bonne chose, pour des raisons administratives, qu'on se marie, ce à quoi je réponds un simple « OK ». À défaut de se nourrir de sentiments, notre histoire se consolide sur le papier.

Le lendemain, je passe au consulat pour me faire enregistrer en tant que citoyenne tunisienne résidant en France et je vois qu'il y a un recrutement en cours pour des postes d'enseignants. Quelle aubaine, je suis aux anges ! Mes espoirs sont douchés le soir même, quand Hamza me dit qu'il ne veut pas que je fasse la navette Aix-Marseille tous les jours. De surcroît pour travailler entourée d'hommes. Qu'un autre mâle que lui ait une forme d'autorité sur moi lui est insoutenable. On a beau être en France, et lui depuis quelques années déjà, je comprends que certains aspects de la culture tunisienne ont pris l'avion avec nous.

Mon interdiction de travailler, couplée à mon désir de ne pas rester seule entre les quatre murs de mon HLM, me pousse à reprendre mes études. Je m'inscris en première année de psychologie à la fac d'Aix-en-Provence. Quel choix judicieux. J'apprécie les cours, je suis fascinée par les dynamiques des rapports humains en société. Je rencontre plein d'étudiants et je me lie rapidement d'amitié avec mes camarades. Gros pôle universitaire, brassant plusieurs disciplines, la faculté d'Aix regorge de ressortissants tunisiens. L'un d'entre eux sort particulièrement du lot à mes yeux, Fathi. Intelligent, ambitieux et engagé, il suit des cours de droit et rêve de devenir procureur de la République. On passe des heures à discuter entre les cours. Je le trouve apaisant, rassurant et cela me donne l'impression d'être de retour chez moi. Ma famille me manque, ma mère, mon père, mes frères, j'ai beau être partie de mon plein gré, j'ai envie de les revoir. La nostalgie de la Tunisie me gagne et je m'en ouvre à Fathi. Je lui explique que je me marierai en décembre, pas par amour, mais par nécessité. Que j'ambitionne d'avoir deux enfants. J'entendais souvent la bourgeoisie tunisienne dire qu'envoyer ses enfants étudier dans des universités françaises serait une immense réussite pour elle. Moi, j'en aurai le pouvoir en vivant ici. Les voir réussir comblera, je l'espère, ce vide horrible qui s'est creusé en moi avec le décès d'Habib. Je raconte à mon ami que j'allais mourir de chagrin en Tunisie, que mon cœur et mes sentiments sont enterrés à Sfax. Aucun jugement dans sa voix ou dans ses gestes. Je ne sens que compassion et bienveillance. De son côté, je suis surprise d'entendre qu'après son diplôme, il ambitionne de rentrer vivre à Béja. Il aime tellement plus notre pays que moi. En y réfléchissant, sa position d'homme, issu d'une famille aisée, ne peut que renforcer son désir de retourner au Maghreb. Tout y est fait pour lui. Par opposition, les Maghrébins comme Hamza recrutés par la France ont tous des situations précaires en Tunisie. Désireux de se bâtir un meilleur avenir, ils traversent sans hésiter la Méditerranée. Mais les philosophes, les avocats, les médecins, eux, ne répondent pas aux appels de charme de la France, ils sont bien là où ils sont.

*

Le premier cercle d'amis que je forme, en dehors de la fac, se compose des amis de mon futur mari. Tous les soirs, pour décompresser de la journée, Hamza, ou Bruno comme on l'appelle ici, en référence à son teint foncé et à ses cheveux bruns, se réunit avec ses collègues et leurs épouses dans un bar, Le Mondial. On rit, on boit, on ne célèbre rien mais on fête tout. Marie-France, Tijani, Hamid, Geneviève, Caro, deviennent ma famille française. Le rituel est toujours le même, on se retrouve à dix-huit heures pour prendre l'*apéro* jusqu'à vingt heures, quand on entend : « C'est la tournée du patron. » Ici, pour la première fois de ma vie, mes lèvres goûtent à l'alcool. Issue d'une famille musulmane, je ne me considère pourtant pas comme pratiquante. À ce jour, j'ai une foi inébranlable en Dieu et son prophète Mahomet, paix à son âme, mais depuis toute petite j'ai le sentiment que ma religion, l'islam, a été, dans une certaine mesure, instrumentalisée par les hommes pour asservir les femmes. Voilà pourquoi j'ai toujours eu une certaine retenue, ressenti une forme de distance, d'hésitation à m'investir, et c'est sûrement pour cette raison que je n'ai pas dit non, un soir, quand Hamza m'a proposé de boire un martini rouge avec une tranche de citron. J'étais curieuse. C'était bon, j'ai senti une légère brûlure dans la gorge, puis un goût sucré. Ça m'a détendue, comme si cela rendait tout à coup ma situation plus supportable.

Au Mondial, je parle beaucoup avec Marie-France, la femme de Tijani. Elle est dans l'enseignement, elle me rappelle combien j'aimais mon métier. On se lie d'amitié, on organise des dîners à tour de rôle, une fois chez elle, une fois chez moi. À l'heure où j'écris ces lignes, Marie-France est toujours dans ma vie, amie et mentor d'une de mes filles, je remercie le ciel de l'avoir mise sur mon chemin. Ce groupe d'amis me procurera tellement de joies. Noël, jour de l'an, Aïd, anniversaires, c'est avec eux que je les fêterai. Dépasser mon chagrin et mes peines, c'est à eux que je le devrai.

*

12 décembre 1972, Aix-en-Provence

Aujourd'hui, je deviens la femme d'Hamza Belgacem. Marie-France et Geneviève, mes témoins, passent la matinée avec moi pour m'aider à me préparer. Leur excitation est palpable, elles me couvrent d'anecdotes et d'attentions, j'essaie d'être à la hauteur de leur enthousiasme. Elles parlent et rient fort, me demandent souvent si je ne suis pas trop stressée. Je veux que ce soit une belle journée. Elle fera naître, peut-être, cette étincelle qui manque entre Hamza et moi.

Une fois passée chez le coiffeur, je remonte à Beisson pour enfiler ma robe de mariée. Blanche, sobre, cintrée, elle a des manches trois quarts et se complète de gants en soie. Je porte aussi un voile qui descend jusqu'à mes pieds avec des bordures en dentelles fines. Voilà bien longtemps que je ne me suis pas trouvée si belle. Une vague d'émotion m'envahit. Je détourne aussitôt ma mémoire de mon premier jour d'enseignante. Je ne dois pas laisser la moindre place aux souvenirs aujourd'hui. Nous scellerons nos vœux à la majestueuse mairie d'Aix-en-Provence avant d'aller chanter et danser jusqu'au bout de la nuit chez Geneviève, où une trentaine de personnes, que je ne connaissais pas il y a quelques mois, nous attendent pour nous célébrer. La fête a lieu dans un jardin aussi grand que le mien à Jendouba. Foisonnant de platanes, de plantes et de fleurs, l'endroit est magnifique. L'odeur des brochettes d'agneau m'attrape les narines. Derrière le barbecue, la salle de séjour, où l'on distingue des armoires rustiques avec des tonnes de vaisselle à l'intérieur, ainsi qu'une immense table de ferme sur laquelle sont déposées viandes crues, salades, fromages et alcools. La soirée est douce, dansante, rieuse. Je m'endors avec la certitude que tout est possible. J'ignore encore que je marche vers ma plus grande douleur.

Chapitre 4

Mars 1973, Aix-en-Provence

Mariée depuis plusieurs mois, je me retrouve enceinte d'Hamza. Les techniques d'évitement que je mets au point pour retarder toute forme d'intimité avec lui me lâchent une à une. La dernière en date, le Mercurochrome. Plusieurs flacons dissimulés dans ma table de chevet me permettent de simuler des périodes de menstruations à rallonge. Cela m'a sauvée la mise un nombre incalculable de fois, mais une visite chez le médecin confirmera à mon mari qu'il est impossible que mes règles durent plusieurs semaines chaque mois.

Bien que portant son enfant dans mon ventre, je me sens de moins en moins en sécurité en sa présence. Les marques de tendresse n'ont jamais été notre langage, mais les premiers temps nous étions au moins cordiaux. Il essayait de me séduire à sa manière. Je le repoussais avec la plus grande délicatesse et je ne fermais jamais complètement la porte. Depuis peu, je le sens de plus en plus agacé, remonté contre moi, sans que j'en comprenne la raison. Je sais que la situation le frustre, mais elle est la même depuis notre rencontre, je l'avais prévenu à Sidi Bou Saïd. Je lui avais tout dit de la couleur de mes sentiments. Pourquoi venir me le reprocher à présent ?

Un jour, après son travail, il rentre à la maison et se montre immédiatement agressif. Il se plaint d'arriver chez lui et de ne pas avoir une femme aimante, attentionnée, qui l'attend. Je le sens prêt à démarrer une dispute à la moindre étincelle. Son visage haletant et la sueur coulant le long de ses tempes ne présagent rien de bon. Je coupe le son de la télévision, me lève aussi calmement que possible, le rejoins près de l'entrée et lui demande s'il va bien, s'il veut boire ou manger quelque chose.

Son regard me terrifie.

— Qui était avec toi à la maison ?

— Il n'y a que les murs et les meubles ici, je réponds.

— Non, j'ai vu Jil sortir.

— Jil ? Pas d'ici, c'est impossible !

Il répète à plusieurs reprises, m'accuse de mentir. Puis, à la troisième sommation, il me donne une claque aussi soudaine que puissante. Il y met tout son poids et toute sa rage. Le coup est si fort que mon corps frêle valse contre l'armoire et la percute de plein fouet. Je m'écroule.

— Si j'apprends que tu me trompes ou que tu parles de ce qui vient de se passer à qui que ce soit, tu es morte. Ou pire je te laverai le visage à l'acide. Ma parole, tu n'auras pas le temps de partir que tu seras défigurée. J'irai en prison, je m'en fous, mais toi tu seras défigurée à vie.

À cet instant, je sens, je sais qu'il en est capable, son odeur d'alcool et la fureur dans ses yeux me l'assurent. Ma joue incandescente laisse apparaître la marque de ses doigts. Mais ce sont ses mots, à la manière d'un tatouage, qui s'ancrent dans ma peau, ma chair et mon esprit.

Les semaines passent et Hamza me déteste de plus en plus. L'étau se resserre autour de moi, à mesure que mon ventre s'arrondit. Il ne supporte plus mes manières de parler, ainsi que mes connaissances face à son manque d'éducation, de culture. Je joue avec le feu, c'est plus fort que moi. Je le rabaisse à la moindre occasion, comme pour lui montrer que nous ne venons pas des mêmes milieux, que nous ne sommes pas façonnés par les mêmes valeurs. C'est mon seul moyen d'exister face à sa violence. Il me trouve hautaine, arrogante, allumeuse. Les traits qu'ils voyaient jadis en qualités se transforment en horribles défauts. Sa jalousie le mène à me dire à qui parler, comment m'habiller pour sortir. Que ce soient les couleurs, les matières, les styles, il opte toujours pour les pires combinaisons afin que j'aie l'air aussi repoussante que possible.

Mon désamour pour lui grandit et le rend fou. Il me fait de plus en plus peur. Ses coups sont acharnés. Un matin, alors que je fais le marché, je passe devant un étal qui vend des ustensiles de cuisine. Il y a des casseroles, des poêles, des couteaux de toute sorte, des plats à tajine, des marmites, des ciseaux pour les herbes, des moulins à épices... Tout à coup, un objet attire mon attention. C'est un hachoir pour viande. Il paraît fin mais solide. Le vendeur perçoit mon intérêt et me le met entre les mains pour me montrer combien il est facile à manier.

En un instant, tout se fige, mes jambes tremblent. Je sais à quoi je pense, à cette peur qui a envahi chacun de mes membres, à mon enfant de plus en plus lourd en moi et aux coups de plus en plus forts qu'Hamza m'inflige. Au contact froid du manche dans ma paume, soudainement, et pour la première fois depuis des mois, je me sens rassurée.

Cette sensation m'effraie autant qu'elle m'est vitale.

Je tends la monnaie au vendeur sans un mot et sans lâcher l'objet de la main. Mon cœur se débat dans ma poitrine.

Je rentre chez moi le souffle court et range soigneusement le hachoir sous l'évier.

Alors, dans le silence de l'appartement, je laisse enfin mon esprit s'ouvrir et penser tout haut en caressant mon ventre : « N'aie plus peur, Maman sera prête, au cas où, n'aie plus peur. »

Oui, je décide que je veux vivre, pour mon enfant et moi.

*

Plusieurs semaines passent sans nouvelle crise, mais l'inquiétude est partout. Je sursaute au moindre bruit, dors et vis sur le qui-vive, même l'enfant que je porte se fait discret. Je le sens bouger seulement quand je suis seule. J'ai une sensation, comme une gêne dans mon thorax, l'idée que quelque chose de terrible est sur le point de se produire. J'occupe mon esprit pour penser le moins possible à la violence qui me guette. Je m'attelle chaque soir à repasser les habits d'Hamza devant la télévision. *Sissi impératrice* est mon film préféré. Je le connais par cœur et le regarde à la moindre occasion. Je ne peux m'empêcher de trouver des similitudes entre nos vies et nos envies. Comme Sissi, je déteste mon mari autant que je rêve de liberté. Comme Sissi, j'ai fantasmé sur la France, ses parfums, sa mode, ses promesses. Maintenant que j'y vis, rien n'est comme je le pensais. *Salut les copains* n'était qu'un tissu de mensonges. À moins qu'il n'y ait plusieurs France et que je n'aie pas atterri dans la bonne. En tout cas, dans cet appartement étriqué, je me sens une femme moins libre que la jeune fille qui a quitté la Tunisie.

Un énième soir, avec la mine sombre, Hamza rentre du bar Le Mondial où j'ai cessé d'aller car je ne m'y sens plus à ma place. Son odeur me confirme un état d'ébriété avancé, sa voix rauque m'annonce une soirée compliquée. À peine la porte fermée, il m'attaque :

— Tu me trompes avec un autre homme !

— Dis-moi avec qui je te trompe. Il n'y a personne.

— Tu mens, je le sais. Tu m'obliges à l'utiliser.

Mon sang se glace. Je crie.

— Quoi donc ? Quoi !!

Il dévale les quatre étages de l'immeuble, avant de remonter aussi vite. J'aurais eu le temps de partir, d'appeler à l'aide. Mais la peur m'empêche de réfléchir et d'agir. Je suis pétrifiée, figée, je ne pense ni à fuir, ni même à me défendre. J'oublie totalement l'existence du petit hachoir caché sous l'évier. Je sais pourtant qu'il va se passer quelque chose de grave, quelque chose d'horrible. Moi qui pensais être prête, préparée. Tout va trop vite. Le bruit rapide de ses pas qui remontent, résonne en harmonie avec les battements de mon cœur. *Bam, bam, bam. Bam, bam, bam.* J'ai les mains moites, des sueurs froides. Je tremble de partout. Il pousse la porte d'entrée. Son visage est tordu de rage. Je distingue un objet. Comme une longue cravache. Il tient un nerf de bœuf à la main. C'est un instrument de torture. Je prie le ciel que ce soit un cauchemar, et me recroqueville instinctivement pour protéger mon ventre, comme si mes petites mains étaient d'une quelconque utilité devant la folie de cet homme.

Il s'approche et me porte le premier coup en pleine tête. Je m'effondre en le suppliant d'arrêter. Le suivant me déchire le dos. Je me tends entièrement, à la manière d'un corps électrocuté. Un autre coup au bras me provoque une douleur si vive que ma vision se réduit. J'ai beau crier, hurler, pleurer, personne ne vient. Désorientée par cette première salve de coups, je ne sais plus où je suis, ni ce qui se passe. Ses postillons et ses cris au-dessus de moi me dominent et me ramènent à l'horreur de ma situation. Je devine son bras se lever à nouveau et le nerf de bœuf s'abat sur mon crâne. Tout devient noir.

*

— Madame Belgacem, vous m'entendez ?

J'ouvre timidement les yeux pour découvrir que je suis à l'hôpital. Mon corps me fait souffrir le martyre. Je redoute le pire. Je murmure :

— Mon bébé va bien ?

— Oui, madame, nous avons déjà fait une batterie de tests et il va bien.

Je pleure. De soulagement, de peur, de douleur, je ne sais pas, mais je pleure.

Je remarque des policiers autour de moi. L'un d'eux s'avance et me demande si c'est mon mari qui m'a fait cela.

— Oui, c'est lui.

— Vous voulez porter plainte, madame ? Je vous le conseille vivement.

Un flash apparaît dans ma tête, je revois Hamza me menacer à l'acide. Il le fera. Je le sais, il le fera.

— Non, monsieur, on va gérer ça entre nous, ça n'arrivera plus.

Doux comme un agneau, Hamza m'attend en salle d'attente. Je dois passer la nuit en observation. Le lendemain matin, il me raccompagne à la maison. Il s'excuse mille fois, me dit que je l'ai poussé à bout, et promet que cela n'arrivera plus.

*

6 juin 1973, Aix-en-Provence

À peine sortie de moi, tu viens te loger sur ma peau, ton adorable bouche à la recherche de mon sein. Cette rencontre me bouleverse. Je te découvre et je cicatrise toutes mes plaies. Inès, ma fille, mon premier enfant. Je te serre contre moi et je comprends, à cet instant, que je ne serai plus jamais seule. Cette nouvelle raison de vivre me fait penser que tout n'est pas perdu, car pour toi tout commence. À partir d'aujourd'hui, je ne vivrai que pour nous et je ne laisserai personne te faire de mal.

La maternité me plaît, je me sens utile, enfin. Je n'ai jamais voulu m'occuper d'un homme, j'exécrais le dévouement de ma mère pour le bien-être de mon père. Mais tout donner à mon enfant m'apparaît simple, évident. J'oublie vite mon ancienne vie de femme. Il n'en restait de toute façon pas grand-chose, Hamza ayant tout réduit autour de moi.

Les premières semaines avec Inès ne sont que bonheur et complicité. Je l'allaite avec joie. Elle devient ma meilleure amie, ma confidente, mon tout. Je nourris de grandes ambitions pour elle que j'imagine faire de longues études et être libre. Libre des pressions sociétales, libre des hommes, libre des normes. Ça a l'air de fonctionner, déjà, car Inès inverse le jour et la nuit. Elle passe ses journées à dormir et me tient éveillée au clair de lune. Je sors peu, je vis en décalé, mon monde tient dans la main de mon enfant. Excepté Marie-France, personne ne vient nous rendre visite, on est seules et cela semble nous convenir.

Hamza s'implique peu dans le quotidien d'Inès, non pas par désamour pour sa fille, mais parce que son travail de maçon lui confère peu de temps pour le faire. Ses insultes se font rares, il range sa violence derrière lui. Avec ma fille dans les bras, j'ai le sentiment, enfin, que ma vie reprend son cours. Le répit est de courte durée.

*

Février 1974, Aix-en-Provence

Le soleil se couche, la porte d'entrée se ferme. Tremblante, je me relève du sol péniblement et réunis quelques affaires à la hâte. Couches, biberons, serviettes, tétines. Je dépose Inès, huit mois, dans son landau, et nous partons. C'en est trop. Ma décision est prise.

J'ai peur d'être suivie, peur d'être reconnue dans ce quartier où tout le monde se regarde. J'avance à tâtons, passe par les chemins les plus escarpés de la cité pour me perdre dans la nuit noire. Ma fille dort paisiblement. Elle vient d'assister à une énième scène de violence.

Je cherche le parc Jourdan sur une carte d'Aix-en-Provence récupérée à l'office de tourisme peu de temps après mon arrivée. La carte était rangée dans un tiroir, comme un souvenir de mes premières heures en France. Le tremblement de mes mains rend la tâche complexe. Je m'arrête sous chaque lampadaire pour m'assurer d'être sur le bon chemin. Avec mes lunettes de soleil en pleine nuit en guise de camouflage, je quitte Beisson, le cœur battant et le corps abîmé, pour me réfugier chez Marie-France et Tijani. J'ai beau vivre ici depuis plus de deux ans maintenant, j'ai encore le sentiment de marcher en terre inconnue. Je ne me repère toujours pas. Je n'ose demander mon chemin aux rares passants que je croise, de peur qu'ils ne lisent sur mon visage, pourtant bien caché, que je suis une femme battue, que je suis une victime. Personne n'aime les victimes. Je trouve enfin leur bâtiment, je sonne, je monte les deux étages et m'effondre dans les bras de mes amis.

— Tu veux une cigarette ?

— Oui.

— Qu'est-ce qui s'est passé ?

Pour la première fois, j'explique à Marie-France l'envers du sourire d'Hamza. Elle se glace. Tijani écoute lui aussi, en retrait, mais je ressens sa bienveillance. Ils peinent à me croire. Pour eux, Bruno est un garçon gentil, jovial, lumineux. Les détails que je donne et les marques que je montre imposent l'évidence. J'explique aussi comme je le provoque, à quel point je le défie. Je ne le fais pas tant par honnêteté, encore moins pour lui trouver des excuses, mais je sens gronder en moi le besoin d'exister un tant soit peu face à sa domination physique. Enfin, je leur ouvre mon cœur.

— Je ne l'aime pas. Je ne l'ai jamais aimé. Je ne l'aimerai jamais.

Dur à entendre pour Marie-France et Tijani. Bruno est avant tout leur ami, je ne suis qu'une pièce rapportée dans l'échiquier de leur amitié. Avec l'enfant d'Hamza dans les bras et des yeux embués de larmes, je leur dis combien Habib me manque, combien ma vie aurait dû être avec lui, dans notre école, en Tunisie.

— Bruno et toi n'avez rien à faire ensemble, conclut Marie-France en me prenant dans ses bras.

*

« Ton père est très gravement malade. Il faut que tu rentres lui dire au revoir. »

Hamza vient de débarquer chez Marie-France et Tijani. Il est encore tôt, habituellement à cette heure il travaille sur les chantiers. Surprise, je pense d'abord qu'il cherche un moyen de me faire rentrer à la maison avec lui. Voilà plusieurs jours que je ne réponds pas aux messages qu'il m'adresse par l'intermédiaire de nos amis communs. Je lance un regard noir à Marie-France. Je me sens trahie. Mais elle semble aussi surprise que moi.

Hamza poursuit. Il m'explique, avec un ton doux et délicat que je ne lui connais plus, qu'un ami à lui en Tunisie vient de l'appeler. Je ne parviens pas à lire l'expression sur son visage. Il s'avance lentement vers moi, je sens la peur gagner mon ventre. Il répète : « J'ai de l'argent de côté. Si tu veux, on va à l'aéroport demain t'acheter un billet pour voir ta famille. »

Un creux se forme dans ma poitrine. Je suis sonnée. Mes tympans me jouent des tours. Je serre ma fille plus fort contre moi. Je vois les lèvres d'Hamza bouger mais je n'entends plus rien. Mon père, mon baba, c'est impossible, il a à peine cinquante-six ans.

Le lendemain, accompagnée d'Inès et d'Hamza, je suis dans un vol pour la Tunisie. Je ne parle pas, je suis concentrée, je prie le ciel de me laisser une chance de lui parler, de lui présenter ma fille, sa petite-fille. De Tunis, nous filons pour Jendouba. Hamza roule vite, très vite, et sans ceinture, comme tout le monde ici. Les routes sont pleines de trous, je ne lui demande pas de ralentir pour autant, le temps presse.

En arrivant sur place, le choc est brutal. Cette ville me semble tout à coup appartenir à une autre vie. Une effusion de souvenirs m'envahit mais ils racontent la vie d'une fille que je ne suis plus. L'air, la lumière, les odeurs, le regard des autres, ou peut-être simplement le mien, me font comprendre que je n'ai pas seulement tourné le dos à un pays. Le jour où j'ai suivi Hamza, j'ai aussi abandonné la femme que je rêvais de devenir.

J'ouvre le portail de notre maison et toque à la porte. Elle est ouverte, pourtant il n'y a personne. J'entre. Mon enfance me saute à la gorge. Mais l'inquiétude prend vite le pas sur la nostalgie. La télé est encore allumée, des tasses de thé à moitié pleines traînent sur la table de la cuisine, j'ai l'impression qu'ils sont partis de manière précipitée. Je retourne à la voiture et demande à Hamza de me conduire au cimetière de Jendouba. La douleur ne cesse de grandir dans ma poitrine et l'attroupement de voitures qui se profile au loin me confirme le pire. Mon amie Mongia vient à ma rencontre et me tombe dans les bras. Baba est parti ce matin d'une cirrhose. Personne n'a osé ou n'avait le droit de me le dire. Je me sens trahie. Délaissée par ces personnes que j'avais dans tous les cas sciemment quittées. J'avais à peine repris vie avec Inès que je meurs de nouveau. J'aperçois son corps entouré d'un drap blanc. Je m'approche lentement, comme pour retarder l'inévitable. Des larmes se mettent à rouler le long de mes joues. J'arrive trop tard, une nouvelle fois. L'imam termine son sermon, et la foule se dissipe en silence. Le soleil se couche. Encore un enterrement d'un homme que j'aime plus que tout. Les regards accusateurs de mon frère Kamel, et les injures de ma sœur Fadila finissent de m'achever alors que je suis déjà au sol.

« Papa est mort à cause de toi ! Il n'a fait que boire de chagrin depuis ton départ ! »

Je sais qu'elle dit vrai. J'ai tué mon père. Je n'aurais jamais dû partir.

C'est Yamma qui me sort de mes pensées. Elle m'invite à rentrer à la maison avec elle.

Sur son visage, pas trace de larmes, mais je sens l'immensité de son chagrin dans la tendresse inédite qu'elle me porte. Elle veut rencontrer Inès.

Même si mon père n'est plus là, Hamza n'est toujours pas le bienvenu chez nous. Il le sait et le respecte. Il part donc dans sa famille à Oued Meliz pendant que je rentre avec la mienne. Ma sœur Fadila s'adoucit. Je suis si heureuse de les revoir tous, Farid, Lyes, et surtout mon petit frère Rida. Nous passons la nuit à pleurer et à rire, aussi, en nous remémorant les plus délicieux souvenirs au sujet de mon père. Mon frère Kamel ne m'adresse pas la parole du séjour. Je ne cherche pas non plus son regard.

Une discussion avec ma mère, juste avant mon départ, me prend de court.

— Je comprends aujourd'hui ton choix d'être partie, avec ce qui est arrivé à Habib.

— Merci, Yamma.

— Mais pourquoi te marier avec cet illettré… Tu n'as même pas l'air heureuse. Je voulais que tu continues de travailler, moi. Que tu restes près de nous. Que tu te bâtisses un avenir. Ici.

Je pense aux bleus sur mes bras, au regard apeuré de Marie-France quand elle a su et à ce qui m'attend quand je rentrerai chez moi.

— J'ai une fille maintenant. Je dois m'occuper d'elle, c'est tout ce qui compte.

« C'est tout ce qui compte. » Voilà ma nouvelle direction, mon moteur. J'ai gardé cette phrase en tête toutes les années qui ont suivi cet échange avec ma mère. Ne plus regarder en arrière, ne plus compter les regrets, ne plus penser à moi. Pousser mes enfants vers la réussite scolaire est tout ce qui m'anime désormais.

*

16 janvier 1988, Aix-en-Provence

Après la naissance d'Inès, s'ensuivent quatre autres enfants, trois filles et un garçon. Quinze ans séparent l'aînée de Ouissem, le petit dernier. Mon corps se détend à mesure que mon cœur se remplit d'eux. Je ne cède pas trop à ma gourmandise, mais je perds plus difficilement le poids accumulé pendant chaque grossesse. Des striures se dessinent sur mon ventre et mes cuisses, ma peau se relâche. J'aime ce nouveau corps, là où tant de femmes se désespèrent de retrouver la jeunesse de leur silhouette. Les marques de la vie que je donne m'aident à guérir les traces laissées par les coups que je reçois.

Si j'avais eu un fils rapidement, je pense que je n'aurais pas eu cinq enfants. Deux m'auraient suffi, une fille et un garçon. Le choix du roi, comme on dit chez moi. Enchaîner les filles aura rendu ma quête d'avoir un fils presque obsessionnelle. Cela explique pourquoi Ouissem a une place spéciale dans mon cœur, et ce dès les premiers instants. Parce qu'il est un garçon, je sais, le jour de sa naissance, que je tiens dans mes bras mon dernier enfant. Chaque journée, chaque changement de couche, a un goût de dernière fois. Son prénom s'est presque imposé à moi. Un temps j'avais hésité avec Redouane, mais l'idée que des gens le prononcent mal me faisait horreur, alors j'ai opté pour Ouissem, qui signifie « l'emblème de l'honneur » en arabe. Simple, efficace.

Enceinte de neuf mois, je pars en fin de journée acheter un lapin, de la crème et des champignons à l'épicier du coin, pour faire à mes filles un de leurs plats préférés. À mon retour, debout dans la cuisine, je perds les eaux. C'est Faryel, huit ans, qui s'en rend compte. Elle pointe du doigt la flaque à mes pieds et dit : « Maman a fait pipi ! » Je garde mon calme, prends le téléphone fixe pour tenter de prévenir Hamza qui fait la tournée des bars avec ses amis. Impossible de le localiser. Je décide de terminer le dîner, de mettre mes filles à table et de leur servir le lapin. J'attrape la valise que j'avais soigneusement préparée en amont, calme Inès et Imen, qui ne peuvent s'empêcher de pleurer après avoir compris la situation. Je prends la voiture vers vingt heures et conduis aussi sereinement que mes contractions me le permettent jusqu'à l'hôpital. Une fois aux urgences, je suis tout de suite emmenée en salle d'accouchement. Le médecin est scandalisé. Avoir pris le risque de venir seule a mis ma santé et celle de mon fils en danger. Ouissem naît à vingt-deux heures quarante-cinq. Je notifie au personnel que je ne souhaite pas voir mon mari. Il arrivera plus tard dans la nuit, je l'entendrai exploser de joie dans le couloir à l'annonce d'un garçon. Nous avions fait le choix de ne pas demander le sexe de l'enfant durant la grossesse, du moins c'est ce qu'il croyait. Je me sentais si déconnectée de lui que je préférais taire cette nouvelle pour ne pas avoir à gérer son attente et son excitation.

Tenir Ouissem dans mes bras, en bonne santé, me procure des sensations fortes, presque euphoriques. Je passe des heures à le regarder, à le contempler, et je lui imagine déjà tout un avenir. Ministre, avocat, il fera de longues études lui aussi. Dès qu'il est en âge de comprendre, je lui explique que son père n'est ni millionnaire, ni P.-D.G. Il n'y a pas d'héritage à attendre et son plus beau patrimoine sera à bâtir dans ses études. Mon passé d'institutrice ne peut que l'orienter dans cette voie. Mes enfants ne bénéficieront pas du cadre bourgeois dans lequel j'ai grandi car j'ai été déshéritée le jour où j'ai décidé d'épouser un fils de paysan et de quitter mon pays sans la bénédiction de mon père. Je le savais en prenant l'avion aux côtés d'Hamza, mais un courrier de notaire me l'a confirmé quelques années plus tard. En quittant la Tunisie, j'ai renoncé à ma famille.

*

En l'espace de quelques années, me voilà donc devenue mère d'une famille nombreuse, avec toutes les étiquettes que cela comporte. L'organisation est ma plus fidèle alliée. Chaque journée a des airs de parcours du combattant, avec beaucoup d'efforts à produire et peu de fierté à tirer. Le réveil sonne à six heures et demie. Déjà parti travailler, Hamza ne revient que tard le soir. C'est à moi qu'incombe la gestion totale de la journée de ma petite tribu. Je me lève, mets ma robe de chambre, et me dirige vers la cuisine où je prépare mon indispensable café. C'est ce dernier qui, même dans les jours de grande fatigue, me donne la force d'aller réveiller mes enfants un par un avec plus ou moins de difficultés, suivant l'âge et le tempérament de chacun. Vient l'heure du choix des tenues vestimentaires qui s'avère souvent un exercice avancé de négociations avec mes deux plus jeunes filles. Place au petit-déjeuner, sucré pour certains, salé pour d'autres, l'essentiel étant de partir avec quelque chose dans le ventre. J'emmène les plus jeunes à l'école primaire tandis que les plus grandes prennent seules le chemin du collège, comme un premier pas vers leur indépendance. De retour chez moi, j'ai l'impression d'avoir déjà réalisé une journée entière de travail, mais il n'en est rien. Vaisselle, machines, je m'occupe de la maison. Le secret, quand on gère une telle meute, c'est de faire un bout de ménage tous les jours. Ensuite, je prends la voiture pour faire les courses et me prépare un déjeuner. Je m'accorde une sieste, elle répare mes nuits. À peine les yeux ouverts, je dois déjà partir récupérer les plus jeunes à l'école, préparer le goûter, et vérifier que les devoirs sont en cours. Douches, pyjamas, dîner et dodo. Inès et Imen me demandent souvent l'autorisation de sortir mais je refuse systématiquement. La cité Beisson a changé depuis mon arrivée quinze ans plus tôt. Elle est devenue le théâtre de scènes horribles. Mauvaises fréquentations, violences policières, tensions intercommunautaires entre gitans sédentarisés et Maghrébins, bagarres, lynchages, cambriolages et parfois meurtres, hors de question que mes enfants soient mêlés de près ou de loin à tout ça. Leur sécurité l'emporte sur tout.

Que je l'admette ou non, subir de la violence physique, verbale et psychologique pendant des années aura affecté tous les compartiments de ma vie, particulièrement mon rapport à l'autorité.

Avoir été dominée par mon père, mon mari ou encore le destin, m'a endurcie, asséchée. Ce sont mes enfants qui en font les frais. Un mot plus haut que l'autre et la claque part sans se faire attendre. Élever cinq enfants aux caractères bien trempés dans une cité du sud de la France n'est pas de tout repos. Me faire respecter est une question de survie. Pour eux, pour moi.

Ce nouveau rôle où je dicte les règles me plaît bien, je dois dire. J'aime avoir le dernier mot et c'est en quelque sorte un juste rééquilibrage des choses. L'éducation transmise à mes enfants n'est pas toujours pédagogique ou académique. Je fais de mon mieux, avec ce que j'ai : souvent peu, parfois pas assez, mais le cœur y est, toujours.

Une fois tout le monde couché, et avant qu'Hamza ne rentre, vient mon moment. Je me plante devant la télé, avec du nougat, un verre de thé, et les chaînes tunisiennes sur le câble.

Yamma

Tout est enfin calme. Ce rituel a des airs de vacances. Bien qu'exténuée chaque soir, abandonner le navire ne me traverse jamais l'esprit. Tenir pour mes enfants, leur offrir un meilleur avenir que le mien, voilà ce que je mettrais derrière le mot *maman*.

Chapitre 5

Septembre 1993, Aix-en-Provence

À la maison, j'aide ma fille Inès à faire sa valise. On discute, on plie des tee-shirts, on parle, on prépare son départ. Demain, elle entre en deuxième année de BTS Commerce international à Marseille. Elle logera sur place. Fierté de la famille, je suis heureuse pour elle, et aussi soulagée car cela allégera le nombre de repas à préparer à la maison. Sept bouches à nourrir tous les jours n'est pas une mince affaire pour la modeste cuisinière que je suis. On a presque fini quand le téléphone sonne. Je reconnais la voix de Tijani :

— Faouzia, j'ai une très mauvaise nouvelle à t'annoncer.

Je reste silencieuse, tout en vérifiant autour de moi que mes cinq enfants sont bien à la maison.

— Bruno a eu un grave accident.

— Un accident ?

— Il traversait la rue. Il s'est fait renverser.

— Impossible, il est toujours en voiture. Il n'aime pas marcher. Tu te trompes.

— Faouzia, il est à l'hôpital d'Aix. Viens vite. C'est urgent.

Je reste impassible. Mon visage ne montre rien des mille questions qui se bousculent dans ma tête. Je ne veux pas inquiéter mes enfants. Je demande d'une voix calme à Inès de surveiller son frère et ses sœurs. Elle m'interroge du regard, mais je ne lui laisse pas le temps de faire plus. Aucune question posée, aucune réponse à donner. Je tourne le dos, prends mes clés de voiture et quitte l'appartement.

Seulement quelques minutes me séparent de l'hôpital, mais toute ma vie défile sans lui. Je me demande si Dieu l'a puni ou s'il m'a simplement protégée. Je suis terrifiée de ne pas ressentir la moindre peine. Quand j'arrive à l'hôpital, il n'est pas là. On l'a transféré à Marseille, au service réanimation. On m'explique qu'il avait oublié ses cigarettes et qu'il s'est fait percuter en faisant demi-tour pour aller les chercher. Il était au milieu de la chaussée. Il n'a pas vu la voiture arriver.

À l'hôpital de la Timone, il traversera dix-sept heures d'opération. Une fois son état stabilisé, je préviens mes filles de la situation. Ouissem a à peine quatre ans, je préfère ne pas l'impliquer et demande à ses sœurs de l'épargner. Les grandes sont dévastées, elles pleurent, beaucoup. Je me hâte de rentrer pour tenter de les consoler.

Les semaines qui suivent sont déroutantes. La peine et l'attente s'invitent d'abord chez nous et envahissent notre quotidien. Les filles font des cauchemars la nuit, et je culpabilise de ne pas partager leur inquiétude. J'ai l'impression d'être un monstre. Mais, peu à peu, le temps me donne raison. Je sens que le calme, enfin revenu à la maison, fait du bien à tout le monde.

Je dois rapidement penser à notre situation économique. Sans le salaire d'Hamza, et tous ses dépannages supplémentaires les week-ends, notre situation financière, déjà compliquée, devient vite irrespirable. C'est un prospectus dans ma boîte aux lettres qui me donne l'idée d'aller postuler dans l'association Amitiés sans frontières. L'équipe associative vient d'ouvrir un magasin près de Beisson et cherche des vendeuses. Je me présente au culot, explique ma situation et mon niveau de motivation, puis démarre la même semaine. D'emblée, je me montre performante, mes collègues disent de moi que je pourrais vendre une brosse à cheveux à un chauve. Avoir un travail est comme une renaissance pour moi. Ne plus penser non-stop aux problématiques familiales me fait un bien fou. En revanche, tenir le rythme avec mes plus jeunes enfants à la maison, en parallèle à mon emploi, me demande des efforts considérables. Je dors peu. Mais je préfère mes cernes de fatigue aux bleus des coups sur mon corps.

Hamza restera huit mois à l'hôpital. Huit mois au cours desquels il ne me manquera pas une seule fois.

*

Été 1955, Tunis

Hamza a dix-neuf ans. Il se rend à Tunis en quête d'une vie meilleure. Son quotidien à Oued Meliz, sans amour, sans travail, le consume. La France, par le biais de Tunis, fait du charme à une jeunesse tunisienne fragile et désireuse de perspectives. Encore sous protectorat français, le pays des Aigles de Carthage est la scène d'un grand plan de recrutement afin de rebâtir une France amochée par les bombardements allemands de la Seconde Guerre mondiale.

Pénible, froid, brutal, tous ces mots pourraient décrire la vie d'Hamza jusqu'à sa majorité. Fils de paysans, élevé dans le cœur d'une des régions les plus pauvres et précaires de Tunisie, Hamza n'a jamais été heureux dans sa ville natale. Son frère et lui perdent leur mère très jeune. Leur père, Ahmed, les met de côté lorsqu'il refait sa vie avec une autre, Dèda, avec laquelle il aura plusieurs autres enfants. Hamza aurait rêvé d'avoir cette femme comme figure maternelle, mais elle n'a que faire de lui et de son besoin de tendresse. Pire, elle élève Hamza comme un paria, le traitant différemment de ses enfants biologiques. Il ne retrouvera jamais son lien d'antan avec son père et finira poussé vers la sortie. Grandir sans l'amour de ses parents assombrit son cœur et durcit son âme. Il est incapable d'aimer et se sent indigne de l'être. C'est pour toutes ces raisons que le jour où Hamza, à Tunis, croise la route de Maurice, chef de chantier dans les Bouches-du-Rhône, il accepte sans réfléchir un poste de maçon à Aix-en-Provence.

Extraverti, Hamza est rapidement adopté par ses collègues. Perçu comme généreux, doux et drôle, il fait l'unanimité partout où il passe. C'est son humour qui séduit le plus vite chez lui. Mais la qualité principale d'Hamza est sans conteste la discipline. Il part tous les matins à six heures, avant que la maison ne se lève, pour travailler sous un soleil de plomb et sans jamais se plaindre. Comme s'il avait intégré depuis toujours que ce métier serait celui de sa vie, jusqu'à sa mort. Il n'y a aucune échappatoire possible, maçon est sa vocation. Préparer des fondations, monter des murs, des cloisons, poser des dalles, assembler des briques, des parpaings, avec du ciment, voilà son devoir. Horaires impossibles, conditions de travail douloureuses, j'ai le sentiment que la France épuise sa vitalité, sa santé, jusqu'à briser son corps. Je le revois encore, les quelques fois où je lui ai rendu visite, dans cette posture à genoux, accroupie, en torsion à 30°, fléchi à 45°, suer sous une fournaise, sur un chantier pollué par les agents chimiques que les entrepreneurs utilisent pour construire de beaux endroits dans lesquels ces maçons ne vivront jamais. Tous se tuent à petit feu et chacun a ses raisons. Hamza le fait pour moi, plutôt pour ses enfants. Difficultés respiratoires, dos cabossé, articulations éreintées, ce que ce métier lui a pris, la France ne pourra jamais le lui rendre.

Ses week-ends, censés être de repos, il les passe à faire des gâches pour nous permettre de joindre les deux bouts, car sacrifier son corps ne suffit pas à gagner décemment sa vie. Les ouvriers sont nombreux à cumuler les travaux au black pour compléter leurs bas salaires. Pour autant, ses efforts difficiles et répétés ne nous permettent pas de devenir propriétaires. Je vois son état physique se détériorer à mesure que les édifices à Aix-en-Provence sortent de terre. Le nombre de bâtiments, de routes, d'autoroutes que l'on doit à l'immigration nord-africaine est colossal. Ils sont de la main-d'œuvre bon marché. Tous ces maçons ont donné leur corps, leur santé pour reconstruire la France et offrir un meilleur avenir à leurs enfants. Hamza est l'un d'eux.

Le bar est son exutoire. Noyer son chagrin dans un verre de pastis, d'un travail qu'il déteste, d'une femme qui le blesse, est son seul moyen de redonner un goût sucré à cette vie amère. Le pastis, certes, mais par-dessus tout, son amour pour ses cinq enfants.

Les mêmes mains qui m'ont fait si mal et si peur pendant tant d'années, ont bercé mes filles, rassuré mon fils. La même bouche qui m'a réduite et humiliée, leur a chanté des chansons douces et prononcé des mots qui consolent. Je sais qu'Hamza est pour eux un père formidable, à leur écoute, compréhensif, drôle et bienveillant.

À Beisson, le dernier week-end de chaque mois, a lieu notre traditionnelle sortie interfamiliale. Dès le vendredi, plusieurs foyers d'immigrés préparent le plat de leur choix, pour se retrouver le lendemain près d'une ville côtière, Marignane. Les adultes restent dans la forêt pour boire, fumer et jouer aux cartes, pendant que les enfants descendent seuls au bord de la mer, sans aucune surveillance. On n'arrête pas de se dire que si un des enfants se noie, il n'y aura personne pour le sauver. C'est souvent Hamza, porté par un instinct paternel, qui se lève pour aller vérifier que tout se passe bien.

*

Peu après son entrée en classe de 5e au collège, Hamza offre un jour à Inès, notre aînée, un cartable et une trousse toute neuve. Tête en l'air, Inès laisse traîner son cartable devant la salle de français lors de son dernier cours. Elle rentre en pleurs à la maison, persuadée qu'elle va se faire gronder car sa trousse a disparu. Contre toute attente, et contre mon avis même, son père lui dit que ce n'est pas grave. Il lui donne 50 francs et l'invite à racheter tout ce dont elle a besoin.

— Papa, je sais qu'on n'a pas beaucoup d'argent.

— Ne t'occupe pas de ça, toi, j'irai faire une gâche supplémentaire ce week-end.

Il part ensuite dans un discours d'émancipation, en expliquant à sa fille qu'elle doit continuer d'aimer l'école pour ne pas avoir un métier dans lequel elle se retrouve à travailler dehors, sous la pluie ou dans le froid pour des gens. Il lui explique qu'il travaille pour ses enfants, et qu'ils doivent réussir pour avoir une meilleure vie que la sienne.

Hamza est un esprit libre, un avant-gardiste. Il n'est pas musulman, mais il a une certaine spiritualité autour du bonheur et de l'importance de vivre dans l'instant présent. Il a toujours poussé nos filles à faire ce qu'elles voulaient avec beaucoup de force, de conviction et de bienveillance.

Cet épisode ne fait que confirmer combien sa violence est seulement dirigée contre moi. Avant son accident, et avec le reste du monde, il est enthousiaste, lumineux et bon, c'est comme si le mari et le père étaient deux personnes distinctes. L'apogée est l'arrivée de notre fils, Ouissem, et le jour de sa circoncision. Nous rentrons en Tunisie, comme tous les étés. Depuis le décès de mon père, mort quelques années seulement après mon départ, j'ai renoué le contact avec le reste de ma famille. Ouissem, alors âgé de six ans, est sur le point de se faire circoncire à Oued Meliz. La ville est littéralement en fête. Hamza, survolté par l'événement, décide de voir les choses en grand, avec trois jours de fêtes. Pour l'occasion, il loue un orchestre *tabal*, des chevaux, et des artistes. Ce baptême a des allures de mariage saoudien, et la ville est en liesse. Tout le monde ne parle que de ça. Hamza décide d'organiser le baptême dans notre maison familiale. Située dans *l'allée des immigrés*, en référence à tous les propriétaires ayant acheté dans cette rue grâce à des fonds acquis à l'étranger, cette maison comporte trois chambres, deux jardins, ainsi qu'une terrasse sur le toit. Les meubles et l'électroménager viennent tous de France. La fête a lieu dans le grand jardin arrière, et en fin d'après-midi nos invités commencent à arriver. Le buffet est composé de nos trois plats de famille préférés : *molokheya*, couscous et ragoût. Au bout d'une heure, le médecin arrive pour la procédure, aucun de mes enfants n'a été prévenu et au vu des événements nous aurions peut-être dû faire les choses différemment. Ouissem, brusquement saisi par plusieurs hommes, est immobilisé sur une table, il part dans une furie totale, ne comprenant pas la raison de cette agression. Il pousse des hurlements qui transpercent les tympans. Mes filles ne cessent de crier : « Barbares ! C'est quoi ces méthodes de barbares, lâchez mon petit frère ! » Bien que rapide, la scène est traumatisante pour nous tous, mais je me rappelle encore le regard heureux et fier de son père. Son fils baptisé devient ainsi un homme. Il le prend dans ses bras en épanchant ses larmes pour aller le poser délicatement dans un lit avec des draps en soie blanc cassé et un chapeau devant lequel les gens défilent pour y déposer de l'argent.

J'ai mille raisons de te détester, Hamza, mais tes enfants tu les aimais, tu les aimais plus que tout, plus que nous, plus que moi. Je crois qu'une part de moi te reproche encore plus de ne pas m'avoir permis de te haïr totalement.

*

Mai 1994, Aix-en-Provence

Ce qui devait arriver arriva. Hamza est sorti de l'hôpital. Il ne pourra plus jamais travailler, les séquelles physiques et neurologiques de son accident sont lourdes et irrémédiables. Il n'est plus que l'ombre de lui-même. Lui qui était toujours si dynamique et plein d'énergie, boite, prend des médicaments à la pelle et perd la tête. Je comprends rapidement que la violence demeure néanmoins.

Si la situation d'Hamza empire, alors la mienne aussi. Bien qu'il soit diminué, je n'ai pas les moyens physiques de l'arrêter quand il me frappe. Chaque fois qu'il néglige son traitement, cela entraîne des sautes d'humeur spectaculaires. Il se sent diminué, et l'alcool par-dessus tout le met dans des états seconds. Désormais, et ça n'était jamais arrivé auparavant, il se montre également agressif envers son propre fils, qu'il aime pourtant plus que tout.

Un jour, Hamza insiste pour aller chercher Ouissem à l'école. Je le lui déconseille car le corps enseignant ne l'a jamais vu, cela risque de causer des problèmes. Il insiste et couvre péniblement à pied le kilomètre qui sépare la maison de l'établissement scolaire de notre fils. Il appelle son garçon avec force et fermeté devant tous ses camarades de classe. En plein match de foot après les cours, Ouissem ne comprend pas ce que son père fait là. Les enfants sont parfois si cruels entre eux. Plusieurs de ses camarades se mettent à rire en voyant Hamza pénétrer dans l'enceinte de l'école en boitant. Les surveillants s'interposent pour l'empêcher d'entrer car ils ne le connaissent pas. Honteux de la situation, Ouissem, âgé de sept ans, tente de dissimuler son embarras et sort avec Hamza, sous les regards moqueurs de tous ses amis.

Il marche jusqu'à la maison à un rythme soutenu. Son père derrière peine à le suivre et répète en boucle : « Attends-moi, s'il te plaît, je peux pas marcher aussi vite. » Mais Ouissem ne l'écoute pas.

Arrivé à la maison, il me raconte tout. Les doigts pointés sur lui, les rires qui résonnent, l'incompréhension des responsables scolaires. Je lui dis d'être plus empathique envers son père qui est malade à présent. Quelques minutes plus tard, Hamza arrive à son tour. Il est essoufflé et fou de rage. L'humiliation a pris le manteau de la colère. Ses veines sont saillantes, son front en sueur. Il crie sur son fils qu'il est son père, qu'il décide, que Ouissem ne devrait pas avoir honte de lui. Mon fils prend peur et part s'enfermer dans les toilettes. Je m'interpose pour faire barrage alors qu'Hamza lui fonce dessus et tape sur la porte en hurlant : « Sors de là si t'es un homme, sors de là, on va se battre ! »

Chapitre 6

— Comment je m'appelle ?

— Je sais pas, dit-il en remuant la tête de manière infantile.

— Réfléchis. Comment je m'appelle ?

— Fa-ou-zia ?

Ces derniers temps, Hamza a de plus en plus de mal à se rappeler mon prénom. Son état se dégrade. À plusieurs reprises, des gens de Beisson l'ont retrouvé en train de dormir devant la pharmacie en pyjama. Récemment, il s'est perdu dans Aix, c'est l'étiquette autour de son cou, avec son nom et notre adresse, qui a permis à la police de le ramener. Il devient la risée du voisinage et mes enfants en souffrent. L'une de mes filles développe de l'eczéma après chaque incident. Il n'est pas bon d'être différent dans un quartier, c'est un poids difficile à porter.

Hamza a des moments de lucidité et d'autres où il disparaît complètement. Toutes les séances chez le kiné, l'ostéopathe et les différents médecins ne semblent pas améliorer sa situation, et le caillot dans son cerveau, selon le chirurgien, ne se résorbera pas. Son côté gauche se retrouve handicapé, diminué. La vue, l'ouïe et même sa démarche sont impactées. Mon quotidien, déjà laborieux, empire. C'est comme prendre soin d'un sixième enfant à la maison, mais un enfant avec la force d'un homme et qui reste violent. Je le fais néanmoins, non par amour, mais par devoir.

Depuis plusieurs mois, je travaille dans un hôpital psychiatrique en tant qu'aide-soignante. C'est ce CDD qui nous permet de vivre. Je reçois un matin un appel de ma voisine me demandant de rentrer immédiatement. Hamza a enjambé la fenêtre du quatrième étage. Je roule à pleine vitesse en direction du quartier, monte les quatre étages aussi vite que mes jambes me le permettent et je le vois au bord du vide en train de parler avec notre voisine du premier qui le supplie de ne pas sauter. Je crie : « Arrête, Hamza, ne fais pas ça ! Pense à tes enfants, tu les aimes ! »

Il rentre en pleurant et ses yeux hurlent le désespoir de sa situation. Je lis dans son regard qu'il sait : son état ne s'améliorera pas, ses plus belles années sont définitivement passées. J'ai presque eu de la peine pour lui ce jour-là.

*

Mars 1996, Aix-en-Provence

Les mois filent et Hamza ne va pas mieux. Pire, la consommation de médicaments mêlée à celle de l'alcool crée des moments invivables. Ce mois-ci, j'ai manqué de me faire poignarder devant mon fils terrifié d'à peine huit ans. Je dois ma vie à la bravoure de mes filles aînées. Désormais adultes, elles sont de passage à la maison pour les vacances, car elles vivent depuis un an à Brighton pour parfaire leur anglais. Elles se sont interposées, avec un courage qu'elles ne devraient pas avoir, pour empêcher la lame du couteau de transpercer ma gorge. Ma seule option est d'éloigner Hamza de moi, de nous, pour retrouver un semblant de paix. Je contacte sa famille en Tunisie pour leur demander de s'occuper de lui, en échange d'une aide financière mensuelle. Ils acceptent immédiatement et refusent l'argent. Je réserve les billets, et j'en parle à Hamza qui s'y oppose formellement.

— Non, je ne partirai pas en Tunisie, je reste avec ma famille, je t'aime toujours, et j'aime mes enfants.

Je n'annule rien, c'est pour moi la seule solution.

Les jours passent encore. Il me faut trouver un stratagème. Ses gestes et ses réactions sont de plus en plus imprévisibles, et j'ai peur qu'il commette l'irréparable, sur lui, ou sur moi. Je ne veux pas que mes enfants vivent dans cette appréhension constante. Je ne peux plus continuer ainsi. Le jour du départ, je demande à Hamza s'il veut aller en Angleterre pour voir nos filles Inès et Imen. Son visage s'éclaire : « Oui avec plaisir ! » Je demande à ma troisième fille de lui mentir. Hamza est méfiant, nos valises sont déjà prêtes, il ne comprend pas ce départ soudain.

— Dis à ton père qu'on va tous les deux en Angleterre voir tes sœurs.

— Non, Maman, je ne veux pas lui mentir.

— Dis-lui, c'est tout ! C'est important.

Tout se passe finalement comme prévu. Ma fille confirme la fausse destination. Afin d'éviter tout éclat de rage à l'aéroport, je décide d'augmenter sa dose de médicaments avant de nous mettre en route.

Son état second le rend docile et il me suit l'œil hagard, sans plus poser de questions. Je suis envahie par la culpabilité. Il ne se rend même pas compte que nous montons dans un avion Tunisair et que les instructions du commandant de bord sont en arabe. J'hésite à faire demi-tour, à prétexter n'importe quoi pour le ramener chez lui, chez nous, quand l'image de son visage déformé par la haine et la maladie me revient. Et puis celui de Ouissem, pétrifié par la lame du couteau que son père dirige vers moi. Alors, quand le commandant de bord prend la parole, je ferme les yeux et ne pense plus à rien.

*

Nous atterrissons à dix-huit heures dix. Je fonce vers une agence de location de voitures, il ne reste qu'une Clio de type crapaud ressemblant plus à un tas de ferraille qu'à un véhicule. Pneus lisses, vitres sales, freins en mauvais état. Comment peut-on louer ça à quelqu'un ? Pas le temps de réfléchir, une tempête approche, le ciel s'assombrit déjà et seulement deux heures nous séparent de Oued Meliz. Ça fera l'affaire.

Avant de démarrer, j'essaye d'attacher la ceinture d'Hamza, mais il ne me laisse pas faire. J'insiste encore. Il me repousse avec force en hurlant. Une des conséquences de sa condition est qu'il peut entrer dans des phases d'opposition très enfantines sans aucune raison. À peine partis de Tunis, il se plaint d'être mal installé et demande à s'allonger sur la banquette arrière. Trente minutes plus tard, on arrive à Medjez-el-Bab, il me crie dessus pour repasser devant. Je suis épuisée par ses caprices, ses changements d'avis, d'humeur, par ses élans de violence qui persistent encore malgré son état de dépendance. Lui demander de mettre sa ceinture ne me traverse plus l'esprit. Le ciel devient menaçant et l'envie d'arriver bientôt me fait céder au moindre de ses désirs.

Je reprends la route, un énorme grondement pourfend le ciel. Quelques instants plus tard, une pluie diluvienne s'abat sur le véhicule. L'orage est d'une force ahurissante. Dans les pays méditerranéens, la pluie n'est pas fréquente mais quand elle tombe, c'est un véritable déluge. Les essuie-glaces de ce tas de ferraille ont du mal à tenir le rythme et je discerne péniblement la route à travers le torrent d'eau qui s'effondre sur mon pare-brise. Je décélère, quand tout à coup je distingue deux énormes lumières au loin. Elles se rapprochent et grandissent à une vitesse délirante. Prise de panique, j'appuie de toutes mes forces sur la pédale de frein. Mauvais calcul. La route se tord sous mes yeux apeurés. Je perds tout contrôle du véhicule. On tournoie, comme s'il y avait du savon sous les pneus. Le volant ne m'obéit plus, le frein à main non plus. Le temps s'arrête et, dans les phares de la voiture d'en face, j'aperçois mes enfants. Inès, Imen, Faryel, Sonia et Ouissem. Ils sont tous là à me sourire. Je me sens étrangement bien, prête à quitter cette vie. La brutalité du choc me sort de ce moment d'apesanteur. Mon sternum est projeté avec force contre le volant, mon nez aussi, et je sens plusieurs de mes côtes se briser. Je ne saurais dire combien de temps plus tard, j'ouvre les yeux, la tête enfoncée sur le tableau de bord, pour voir deux de mes dents sur mes genoux. Le socle de la ceinture de sécurité arraché me permet de bouger. Je m'extrais douloureusement du véhicule par la fenêtre, je pleure, je hurle : « Je suis morte, je suis morte, mes enfants, mes enfants ! » Mes jambes me portent à peine, je suis prise de vertiges, mon cœur sort de ma poitrine.

J'aperçois alors la voiture dans le ravin et vois de la fumée s'échapper du capot. La voiture d'en face, elle, est toujours sur la route, immobile. Personne n'en sort. C'est une berline allemande avec une plaque d'immatriculation bleue. Beaucoup de véhicules défilent à toute allure sans s'arrêter. Certains ralentissent leur course pour observer l'accident de près, mais personne ne nous porte secours.

C'est finalement une patrouille de gendarmes qui ralentit près de nous. Mon mal de crâne s'intensifie. Je n'arrête pas de tourner sur moi-même, de pleurer, de crier. La vue d'Hamza avec du sang qui coule de son nez et de ses oreilles me retourne les organes et mes hurlements repartent de plus belle. C'est une claque qui vient me réveiller :

— Vous êtes vivante, calmez-vous !

— Vous me faites mal !

— C'est pour vous montrer que vous êtes vivante, quand on meurt on n'a plus mal.

— Mon mari, mon mari est dans la voiture, vite ! Aidez-nous !

Le policier fait un signe de la main à son collègue pour qu'il se dirige vers le véhicule de location tandis qu'il m'emmène en plein milieu de la route où il arrête une voiture. Il demande au premier chauffeur qu'il trouve de m'emmener à l'hôpital de Medjez-el-Bab pour me faire soigner pendant qu'il s'occupe du reste.

Une batterie d'examens confirme que mon pronostic vital n'est pas engagé, même si j'en sors avec des blessures graves. Mon frère Rida, prévenu par la police de Jendouba, vient à mon chevet au milieu de la nuit. C'est lui qui m'annoncera la mort d'Hamza à mon réveil. Hémorragie interne des suites de l'accident.

*

J'ai du mal à réaliser. Hamza n'est plus là. Il ne sera plus jamais là. Du jour où je l'ai rejoint pour partir en France, ma vie s'est peu à peu réduite autour de lui. J'ai passé tant d'années à anticiper le moindre de ses mouvements, de ses pas, de ses regards. Le silence qui m'envahit alors est assourdissant. Mon bourreau a disparu, mais je ne ressens aucun soulagement. Je ne pleure pas non plus. Mon âme est comme éteinte, vidée. J'encaisse l'information sans mesurer tout ce qu'elle implique. Me voilà libre de lui, mais condamnée à la tristesse de mes enfants. Me voilà veuve. Deux accidents de voiture en l'espace de quelques années. Un, en tant que piéton, l'autre, dans le siège passager. Certains diront : « Quelle malchance. » Chez nous, tout est écrit. Le *mektoub* en avait décidé ainsi.

J'apprendrai bien plus tard que dans la voiture d'en face voyageait la famille d'un diplomate russe. Une femme et ses deux enfants à l'arrière. Ils se rendaient à l'aéroport de Tunis. Leur appartenance au corps diplomatique leur permettra de s'extirper de toute potentielle poursuite judiciaire. Et puis, dans tous les cas, l'aquaplaning venait de moi.

Mon calvaire continue quand le commissaire Khazri arrive à l'hôpital en début d'après-midi. Je ressens instantanément son hostilité.

— Vous êtes plus jeune que votre mari ?
— …
— Il ne portait pas de ceinture, mais vous oui ?

Je le regarde lire mon passeport tunisien en fronçant les sourcils. Je sais ce qu'il pense, je le comprends dans son regard sombre : « Celle-là, elle a tout manigancé pour encaisser l'argent. » On me confisque mon passeport ainsi que mon permis de conduire. Je suis convoquée par le procureur de la République à Béja la semaine prochaine, mais avant cela aura lieu l'enterrement de mon mari.

C'est sur les hauteurs de Oued Meliz qu'ont lieu ses obsèques. Hamza est enterré au grand air, entouré de peu de tombes, sur une jolie colline verdoyante, parsemée de quelques oliviers. Je trouve l'endroit beau et apaisant. Le soleil brille, il fait très chaud aujourd'hui. Un éleveur veille sur le lieu. Cette vue me réconforte. Voir tous ces gens pleurer Hamza me confirme à quel point il était aimé. Quel contraste avec l'enfer que cet homme m'aura fait vivre. Aucune larme ne me vient.

Mon audition a lieu aujourd'hui. Je croise le commissaire Khazri en arrivant au palais de justice, qui semble toujours aussi obsessionnel à mon sujet. Il transpire la misogynie, une altercation éclate. Il propose de me mettre en prison *pour me protéger.* « Votre belle-famille pourrait vouloir se venger. » Ces allusions même pas subtiles me mettent hors de moi. « Pourquoi vouloir se venger alors que c'était un accident ? Comment aurais-je pu prévoir de retourner la voiture et d'en sortir vivante ? J'ai des dents en moins, le thorax enfoncé et des côtes cassées. » Mon frère Rida me coupe et m'invite à me concentrer sur mon rendez-vous avec le procureur. La justice est rarement du côté des femmes dans les pays arabo-musulmans. Je dois à tout prix récupérer mes papiers pour rentrer auprès de mes enfants. Il n'y a plus que ça qui compte. Fuir, fuir la Tunisie qui menace encore de me priver de tout.

Je regarde l'heure tourner et mon corps tremble. Jamais de ma vie, je n'avais comparu devant qui que ce soit. Je suis accusée d'homicide volontaire. *Volontaire.* Le rapport du commissaire est accablant. Selon lui, j'ai tout prémédité, car c'est à l'homme de conduire, même s'il est malade, et c'est moi qui l'aurais incité à ne pas mettre sa ceinture. Je risque de la prison ferme. Qui va s'occuper de mes enfants si je plonge ? L'heure est grave. Je me charge de courage et pousse une immense porte marron ornée de coussinets en cuir. Une pièce imposante s'offre à moi, je me sens minuscule, comme déjà coupable.

— Bonjour, monsieur le procureur.

Ma voix est lointaine. Je suis abattue.

— Bonjour, madame Belgacem, levez la tête s'il vous plaît, levez la tête.

Je peine à affronter le regard de celui qui s'apprête à me condamner.

— Est-ce que tu me reconnais ?

Je suis beaucoup trop déboussolée pour faire fonctionner mon cerveau. Le procureur me sourit.

— Rappelle-toi les 2G ? On prenait le café là-bas après la fac.

J'éclate en sanglots, c'est Fathi qui se trouve devant moi. Le fidèle ami que j'avais rencontré à la fac d'Aix-en-Provence pendant mon année d'études en psychologie. C'en est trop pour moi.

— Ne pleure pas, Faouzia, pense à tes enfants. Ne pleure pas. Imagine, si vous étiez morts tous les deux ? Qui se serait occupé d'eux ?

Il a tellement changé physiquement que j'ai du mal à le reconnaître, mais ce regard bienveillant et ce français parfait ne font aucun doute, c'est bien lui. Il ressemble à mon sauveur. Je lui explique toute la situation. Je parle vite, de peur que quelqu'un d'autre s'interpose. Avant même que je termine mes très longues justifications, Fathi m'interrompt et me dit : « Je te crois. » Trois mots qui me font repartir en larmes de plus belle. Grâce à lui, je suis le soir même dans un avion en direction de l'aéroport de Marseille. Mon passeport m'a été remis, ma dignité aussi. Je pense très fort à mes enfants, et j'essaye d'imaginer à travers le hublot ce qu'ils font à cet instant. Leur annoncer la mort de leur père est la chose la plus dure que j'aurai à faire de toute ma vie.

*

Une autre voie était-elle possible entre Hamza et moi ?

Par moments, je l'ai senti amoureux de moi, très fort. C'était d'autant plus insupportable de recevoir cet amour en même temps que ses coups. J'ai longtemps pensé qu'il aurait pu être le plus doux des maris, qu'il aurait fallu que je l'aime sincèrement, que je masque mon dégoût, mon mépris. Je n'ai jamais pu. Mon cœur de femme est enterré en Tunisie, il n'en a eu que les cendres. Seul mon cœur de mère m'a fait rester à ses côtés. Il m'a fallu du temps, beaucoup de temps sans lui pour comprendre que tout l'amour donné à nos enfants ne suffisait pas à amoindrir les coups portés sous leurs yeux. Qu'ils n'avaient pas été épargnés de sa violence puisqu'ils en avaient été les premiers témoins.

Alors oui, bien sûr qu'une autre voie était possible, la voie de ma liberté et de la leur. J'ai cru les préserver en ne les privant pas de leur père, mais, même si c'est douloureux à écrire, je sais aujourd'hui que j'ai fait le mauvais choix.

*

Le retour en France est étrange. Comme une bascule dans mon existence. Je ne me suis absentée qu'une poignée de jours, mais ma vie vient de prendre un tournant vertigineux. En foulant le tarmac, mes pieds se sentent de retour chez eux, plus que d'habitude. L'horreur de ce voyage en Tunisie aura achevé de me convaincre que ma vie est ici maintenant, dans le pays de mes enfants. En route pour Beisson, les questions fusent dans mon esprit. Comment leur annoncer qu'Hamza est mort ? Comment leur expliquer qu'ils ne le reverront plus jamais et qu'il est déjà enterré ? Tout ça en montrant de l'empathie pour l'homme que je déteste le plus sur terre. Mon amie Monia est venue me chercher. Elle ignore tout de la situation et me voit perdue dans mes pensées. Elle imagine sans doute que je suis déboussolée d'avoir laissé Hamza dans sa famille en Tunisie. Elle tente de faire la conversation : « Ça va ? Ça va ? » Mon visage porte les séquelles de l'accident, elle ne doit rien comprendre. Aucun son ne sort de ma bouche. Je me retrouve seule, diminuée physiquement, à devoir élever cinq enfants, et de nouveau sans emploi depuis la fin de mon contrat d'aide-soignante. Mais là tout de suite, je n'ai pas le temps de penser à moi. Je vais annoncer à mes êtres humains préférés que leur papa est mort. Je vais les voir bouleversés, brisés, anéantis, pour un homme que je maudis. Un homme qui aura causé mon malheur dans sa vie, et dans sa mort. Je ne supporte pas le fait d'être liée d'une quelconque manière à son décès. C'est comme si son emprise me poursuivait.

Je monte les quatre étages du bloc, pose mes sacs sur la table à manger et je dis très simplement à mes plus jeunes enfants, Sonia et Ouissem : « Votre père est mort. »

Je leur explique l'accident de voiture, leur montre mes blessures et leur répète que lui est *mort*. J'insiste sur ce mot, comme pour être sûre qu'ils l'entendent. Peut-être aussi pour me le rappeler. Tout est allé si vite. Sonia vient pleurer dans mes bras alors que Ouissem fonce s'enfermer dans sa chambre. Je suis triste pour eux mais je ne peux me résoudre à être triste *avec* eux. L'annonce à Faryel est un déchirement. Elle était très proche de son père.

Je suis épuisée. Je n'ai plus la force de parler à mes autres enfants. Je crains la réaction de mes deux aînées parties étudier au Royaume-Uni. Mon instinct me dit qu'une telle annonce par téléphone, sans personne autour d'elles, est impensable. Je décide alors d'envoyer Faryel pour le leur dire, avec l'aide de Véronique, une amie de la famille. Véronique me racontera que ce fut terrible, brutal, inhumain. Voir un être cher partir soudainement cause des ravages dont on se remet difficilement, parfois jamais. Certaines de mes filles gardent encore en elles la rancœur de ne pas avoir pu l'enterrer et la douleur de ne pas avoir pu lui dire adieu. Je les comprends. J'espère qu'un jour elles me comprendront aussi pour me le pardonner.

*

Abdelhamid, le frère d'Hamza, ne m'a jamais portée dans son cœur. Il ne passait jamais à Oued Meliz quand j'étais là et il a toujours regretté que son frère épouse « une fille de bourge ». C'est lui qui s'est empressé de raconter à qui voulait bien l'entendre que je m'étais débarrassée d'Hamza, que j'avais bien calculé mon coup. Parties de Tunisie, ces rumeurs arrivent en quelques jours jusqu'au marché d'Aix-en-Provence. Regards accusateurs, sourcils froncés, pointage du doigt, mes détracteurs ne se cachent même plus et me poussent à bout.

Faire face à toutes ces vipères sur le marché est plus fort que moi. Un matin, j'explose contre deux femmes qui me dévisagent : « Je vous emmerde ! Accusez-moi si vous voulez, maintenant c'est entre Dieu et moi, seul Lui peut me juger, pas vous, sorcières ! »

C'est grâce au soutien du Dr Michel que je dépasse ces rumeurs empoisonnées. Médecin de notre famille depuis toujours, il a suivi tous les épisodes de violence d'Hamza envers moi, m'incitant chaque fois à me rapprocher d'associations de femmes. À mes yeux, il représente bien plus qu'un médecin généraliste. Conseiller, mentor, il prend du temps pour m'expliquer qu'on ne peut pas lutter contre sa destinée, que c'était l'heure d'Hamza mais pas la mienne. Que je dois me ressaisir pour mes enfants. Ils ont besoin de moi, et moi d'eux.

Je reprends mon souffle et fais face à l'avenir. Le Dr Michel a raison. Nous resterons une famille soudée et rien ni personne ne nous séparera. Jamais, du moins je croyais.

Chapitre 7

Ouissem voit très vite l'école comme son sanctuaire. Il aime apprendre. Ses notes font ma fierté et quand le directeur de son établissement scolaire vient m'annoncer qu'il doit sauter une classe, le CE1, je suis aux anges. Je me rappelle avoir dit à mon fils que c'était le plus beau cadeau de la fête des Mères que je pouvais recevoir. Je rêve de voir Ouissem s'épanouir dans les études.

Mais contre toute attente, très tôt, sa voie se dessine finalement dans le sport. Le football frappe à la porte et vient tracer la trajectoire de mon fils. Ce sport dont je ne connais rien, si ce n'est qu'il déclenche les passions les plus folles et qu'on en parle dans tous les milieux où se trouvent des hommes. Je ne vois pas ça d'un bon œil, mais c'est inéluctable. Dès huit ans, Ouissem me supplie de lui payer une licence en club. Ses entraîneurs me parlent de lui avec conviction, ambition et des étoiles plein les yeux. Je doute, je suis réticente. Depuis la mort d'Hamza, je dois prendre seule toutes les décisions pour l'avenir de nos enfants. Ouissem ne me parle plus que de ça. Ses notes restent excellentes, mais il a un ballon au pied en permanence. Le football est partout dans la cité et dans les cours d'école, je me dis qu'il fait comme les autres, et que ça lui passera.

C'est seulement quand le meilleur club d'Aix-en-Provence, l'ASA, vient le chercher, que je prends la mesure de sa différence. Ouissem n'est peut-être pas comme les autres petits garçons. Je vois mon enfant les yeux brillants d'envie, d'espoir. Dans l'intensité de son jeune regard, je reconnais la force de la passion.

J'accepte.

L'émotion dans la voix de son premier entraîneur, dépité de voir Ouissem partir de son équipe pour rejoindre l'ASA, me confirme que je fais le bon choix. Il m'explique qu'il perd son meilleur élément, que Ouissem aurait pu permettre au club de retrouver la première place des clubs de la ville et d'accéder ainsi au titre régional. Je ne comprends pas pourquoi un adulte se met dans un tel état pour ce qui ne représente à mes yeux qu'un passe-temps après les cours, mais je ressens l'estime qu'il porte à mon fils. J'ignore seulement qu'en lui permettant un nouvel entraînement, je viens de lui ouvrir la porte de la maison.

*

4 août 2001, Marseille

Ouissem a treize ans. Aujourd'hui, je le dépose à la gare Saint-Charles pour prendre un train en direction du centre de formation du Toulouse Football Club. Il vient d'être recruté dans l'un des meilleurs centres du pays. Il est si jeune pour partir. Mais, de nous deux, il n'y a que moi qui ne sois pas prête. Je perçois sa détermination, immense. Je sens, je sais que je ne dois pas me mettre en travers de son rêve. Et puis, quoi qu'il devienne dans ce monde du ballon rond, ce sera toujours mieux que de le laisser croupir à la cité.

Il quitte le domicile familial à jamais. Tiraillée entre mon cœur déchiré de le voir quitter le cocon si jeune, et l'enthousiasme qu'il met à me parler de son avenir, je ne peux me résoudre à pleurer. Je lui épargne ma peine, mais je ne partage pas sa joie. Il semble si fort, si droit, il promet de m'envoyer de l'argent chaque mois. Ce n'est pas d'argent que j'ai besoin, c'est de la présence de mon fils.

Pourquoi a-t-il grandi si vite ? Sur le quai de la gare d'Aix-en-Provence, j'ai du mal à me détacher de lui. On se regarde et on en rit. Je le sens stressé mais il porte toujours cette carapace d'homme de la maison et me rassure. Je le retiens encore un peu contre mon cœur, puis le laisse monter dans le train pour le voir partir doucement. Sur le chemin du retour, les émotions me gagnent. Il va terriblement me manquer, mais je sais que c'est un sacrifice nécessaire pour qu'il puisse bâtir le futur qu'il désire tant. Quatre heures nous séparent maintenant, et je ne le reverrai que dans six mois. Je ne pourrai le protéger de rien dorénavant. Il devra se débrouiller seul. Tout seul.

*

Je l'appelle aussi souvent que possible. C'est toujours moi qui vais vers lui, et je termine chaque conversation en lui disant de ne surtout pas oublier sa mère.

Les semaines, puis les mois passent. Ouissem décroche moins vite et moins souvent et, désormais, sa voix n'est plus celle d'un petit garçon.

Un soir d'automne, je vois son nom s'afficher sur mon téléphone, je suis surprise de son appel.

— Je n'y arrive pas, Maman. C'est trop dur ici et mes potes de Beisson me manquent trop.

Il est à son tour surpris de ma réponse.

— Pas de problèmes, mon fils. Fais ta valise, je viens te chercher demain matin.

Quelques minutes passent. Mon téléphone sonne à nouveau.

— Ne viens pas, finalement je reste ! Merci, Maman ! dit-il enjoué.

Je continue de le motiver aussi bien que je le peux. Je ne comprends pas sa solitude, qui revient par vagues, alors qu'il semble entouré d'amis. Plus le temps passe, et moins je comprends ce qu'il veut me dire. Souvent, au milieu d'un échange téléphonique, il me glisse cette phrase : « Maman, tu ne me connais pas. » J'en conclus que la compétition est rude et qu'il subit une forte pression aux entraînements.

Mais il ne lâche rien et semble progresser vite. Après le centre de formation du Toulouse FC, il intègre l'équipe nationale de Tunisie, pour participer à la Coupe d'Afrique des nations en catégorie jeunes. Je préviens toute ma famille en Tunisie. Je les sens si heureux, si fiers au téléphone. Moi qui m'étais enfuie par la petite porte, moi qui avais, aux yeux de certains, trahi lâchement ma patrie, je retrouve mon honneur par le talent de mon fils. Ils iront même le voir jouer lors d'un match de qualification contre la Côte d'Ivoire à Tunis. Quelle aventure hors du commun ! On le loge, on le nourrit, et bien que jeune adolescent, il reçoit un salaire plus élevé que tout ce que j'ai pu gagner dans ma vie.

Depuis Beisson, je peux percevoir toutes ces filles, ces vautours, intéressées par mon bébé et ça me met en rogne. Mon fils fera les bons choix, je le sais. Il épousera une Tunisienne, belle, dévouée, intelligente et pieuse. Je l'assisterai dans son choix, pour son bien et pour le mien. Son mariage sera l'apogée de ma vie et je verrai ensuite grandir les fruits de son union avec ma belle-fille. Voilà le plan parfait. Voilà celui que j'ai écrit pour lui.

Mais, outre la distance géographique, le football creuse petit à petit une distance émotionnelle entre mon fils et moi. Au fil des années, on s'éloigne l'un de l'autre. On continue de s'appeler, et il me parle de ses victoires sportives ou scolaires, mais il n'évoque jamais ses joies, ses peines, ses doutes. Désormais, on se voit seulement deux fois par an, le temps nous manque pour tout nous raconter comme avant. Il devient un homme si brusquement, si soudainement. Loin de moi, il grandit bien trop vite. Il continue de m'envoyer de l'argent régulièrement, il est toujours là pour moi et pour ses sœurs. Mais qui est là pour lui ?

*

Cinq ans après son départ, je vais enfin le récupérer au centre de formation à Toulouse, son aventure avec ce club est terminée. Lui qui n'est pas du genre à montrer ses vulnérabilités pleure pendant tout le trajet qui nous ramène à Aix.

Quatre heures de sanglots. Décontenancée, déroutée, je sais qu'il a d'autres plans, notamment celui d'aller aux États-Unis pour continuer le football, je ne comprends pas pourquoi tant de larmes. Je sens que quelque chose lui fait mal, mais je ne trouve pas les mots pour le questionner. Cinq enfants, c'est cinq fois plus de joies mais aussi cinq fois plus de peines.

Je les aime, mais je ne sais pas le leur dire. Ce jour-là, dans cette voiture qui me ramène mon fils, j'aurais voulu pouvoir réconforter Ouissem, prendre sa tête dans mes bras, le serrer contre moi, et lui promettre que tout irait bien.

Je n'ai rien fait. Je suis restée là, témoin de sa peine, sans un geste, sans un mot. Mon corps est peut-être trop meurtri des coups qu'il a reçus. Et mon cœur sec d'avoir trop pleuré. Je ne sais pas où est ma tendresse, je ne sais pas quoi faire de mes mains, je n'ai jamais su montrer à mes enfants l'étendue de l'amour que je leur porte. Je suis plus à l'aise pour leur donner une claque que pour essuyer leurs larmes. Inès, mon aînée, me fera remarquer un jour : « Maman, on ne t'embrasse que quatre fois par an : l'Aïd-el-Kébir, l'Aïd-el-Fitr, nos anniversaires et le jour de l'an. »

Il m'a fallu des années pour comprendre pourquoi j'avais eu tant de mal à être proche d'eux, comme si une part de moi avait voulu les tenir à distance. Ils sont la moitié de moi, mais aussi la moitié de lui…

*

Juin 2010, Londres

L'arrivée à la gare de King's Cross St Pancras me laisse bouche bée. Immense, majestueuse, les superlatifs me manquent pour décrire ce lieu sorti tout droit de l'univers d'Harry Potter. Dans ces halls aux briques rouges, l'héritage de l'ère victorienne s'entrecroise avec des quais, des commerces, et même une bibliothèque. Je suis émerveillée. Avec les filles, Inès et Sonia, nous sortons du wagon et nous nous dirigeons intimidées vers la sortie. Ponctuel comme personne, Ouissem nous attend déjà. Il a emménagé ici en 2008, après une dernière aventure footballistique désastreuse aux États-Unis. Et on peut dire qu'il s'est bien acclimaté. Tirer sa révérence au monde du sport n'a pas été chose aisée pour lui, mais il semble retrouver une nouvelle jeunesse en Grande-Bretagne. Un anglais parfait, une dégaine assurée, il ne doit pas laisser les Anglaises indifférentes. Toujours aussi attentionné, il a préparé des *Oyster cards* pour chacune d'entre nous. Déambuler dans le métro londonien surpeuplé avec nos valises me ferait presque regretter les embouteillages de notre bon vieux périphérique. Mais rien n'effacera le sourire de nos visages. Cette journée restera dans les annales de la famille Belgacem. Dans quelques heures, mon fils recevra son diplôme de fin d'études de l'université de Westminster. Toutes nos questions portent sur la remise de diplômes, nous ne nous sommes pas vus depuis six mois, mais l'excitation est trop grande. On parle de nos tenues, de nos coiffures, des poses qu'on prévoit de faire lors du célèbre *photocall*, mais on parle surtout de notre joie d'être là pour vivre ce moment avec lui. Entre le football et son exil, Ouissem est de loin l'enfant que j'ai le moins côtoyé, que j'ai le moins vu grandir. Nous sommes habitués à nous voir deux fois par an. À Noël et pour l'Aïd. Je lis dans ses yeux l'importance de notre présence aujourd'hui.

La cérémonie a lieu au Royal Festival Hall, une gigantesque salle de concert en bord de Tamise, qui abrite l'orchestre philharmonique de Londres. Voir mon fils dans un sublime costume beige, porter le fameux chapeau à bords carrés des diplômés du monde anglo-saxon fait déborder mon cœur de joie, même si, pour être franche, je ne suis pas tout à fait sûre de ce qu'il a étudié, ni de la voie professionnelle vers laquelle il souhaite se diriger. Pas du genre à plonger dans les détails, je n'ai jamais posé de questions sur le parcours scolaire de mes enfants. Tant qu'ils réussissent leurs examens, quels qu'ils soient, je suis heureuse. Savoir que ses études sont maintenant achevées, qu'il va être diplômé d'école supérieure, qui plus est, dans une grande université anglaise, ne peut qu'apaiser mes angoisses. En tant que parents, venant du continent africain, notre plus grande crainte est de ne pas voir nos enfants réussir, de ne pas les voir élever leur niveau de vie par rapport au nôtre. Cela ne me dérange absolument pas de finir ma vie dans mon HLM de la cité Beisson, mais imaginer que mes enfants finissent dans ce même lieu m'est insoutenable.

*

Les Anglais ont une maîtrise de la mise en scène qui leur est propre. Tout a pour objectif d'émouvoir les parents afin que nous achetions un maximum de *goodies*, de photos souvenirs ou autres objets de l'université. Un business rondement mené. Musique classique, décorations aux couleurs de l'université, portraits de nos enfants accrochés aux murs, l'émotion est au rendez-vous. On sent l'énergie monter dans la pièce, ma respiration s'accélère. Je regarde les élèves défiler sous mes yeux embués de fierté et chaque gorgée de ma bouteille d'eau a un goût d'avenir. Pourtant, ce sont bien des images de mon passé qui jaillissent dans mon esprit. Je revois Oued Meliz, les classes délabrées, les coupures d'électricité, le sourire de mes élèves, Habib. Cela rend cet instant si fort et nostalgique. Un de mes rêves se réalise sous mes yeux, il est vécu par mon fils. Sacrée revanche pour moi qui pensais avoir tout loupé dans ma vie. « C'est Dieu qui donne », paraît-il.

La cérémonie suit son cours. Assise dans les tribunes, je regarde avec entrain le défilé de ces jeunes diplômés quand je l'aperçois enfin. Tout beau, souriant. Quelques secondes plus tard, les baffles hurlent : Ouissem Belgacem. Je pleure, j'applaudis, je pleure encore. Je regarde mes filles comme pour vérifier que c'est bien mon fils qui monte sur scène devant tout le monde. Je ne tiens plus en place. Une fois les étudiants appelés, nous descendons les marches pour le rejoindre et il saute dans les bras de ses sœurs. Il me regarde droit dans les yeux avec un soupçon de défiance et me dit :

— Tu es contente ?

— Oui.

— Bon, ben *hamdoullah* (Dieu merci) alors.

Sans pouvoir l'expliquer, je trouve Ouissem moins avenant et chaleureux envers moi qu'à l'accoutumée. Comme si quelque chose l'empêchait de profiter pleinement de cette merveilleuse journée. Sur le moment, je ne me pose pas trop de questions, je me dis que c'est sûrement l'émotion qui le paralyse, ou le rend timoré, mais les quelques jours passés à Londres me confirment que notre connexion mère-fils s'est amenuisée. On est côte à côte, on parle sans vraiment échanger. Je trouve nos conversations insipides, sans relief. Je ne le sens excité par rien, terne. Pire, il semble sur la retenue avec moi. Quelque chose le tracasse ou le rend triste, mais je ne saurais dire quoi. Il est en âge de vivre des histoires d'amour sérieuses, ses premières désillusions. Un chagrin, une séparation expliqueraient peut-être son attitude décalée. Mais, s'il avait vraiment vécu une histoire incandescente, ses sœurs ou moi-même en aurions entendu parler. Tout comme nous avions deviné qu'il avait une copine à Toulouse pendant plusieurs années, sans qu'il prenne jamais vraiment le temps de nous en parler. Sous ses airs d'homme fort et protecteur de la famille, Ouissem est un garçon sensible, fragile, doux. Une discussion avec ma fille me confirme ce ressenti. « Je ne sais pas ce qu'il a, Maman, parfois il a l'air super heureux et parfois… »

Poussée par l'envie d'en savoir plus, je suis retenue par notre culture. Chez nous, les parents ne parlent pas de sujets si intimes avec leurs enfants. Surtout pas une mère avec son fils. Je ne veux pas risquer de heurter sa fierté. Mon rôle est de m'assurer qu'il ira au bout de ses études, et, depuis hier, c'est chose faite. Gérer la vie privée de mes enfants, c'est au-delà de mes forces. Et puis, quelle serait ma légitimité ? Je lui dirais « Mon fils, j'ai eu tant de succès dans mes relations de couple que je veux partager mes secrets avec toi » ? Impossible, impensable.

Désespoir, tristesse, cicatrices. Voilà ce que l'amour m'a apporté. Jamais je ne pousserai mes enfants à être en couple, depuis Habib, j'ai passé ma vie à rêver d'être célibataire.

Face à ce constat, je me résous à faire ce que je fais de mieux, meubler. Je lui demande juste si *ça va*. Question à laquelle il répond dans un sourire : « Super, Maman, t'inquiète », même si je perçois une lueur diminuer dans son regard.

Déjà de retour à King's Cross St Pancras, je trouve la gare bien moins imposante qu'à notre arrivée. La pâleur de mon humeur, sûrement. Ouissem a l'air presque soulagé de nous dire au revoir. Nous sommes-nous éloignés à ce point ? Je le serre dans mes bras mais il me paraît loin. Cela m'agace. Je tente de retarder notre séparation.

— Tu veux une tarte au citron avant qu'on y aille ?

— Maman, c'est toi qui aimes le citron, pas moi. Tu ne me connais vraiment pas.

Encore cette phrase. Je suis blessée. Je ne veux pas abîmer ce moment, aussi je réponds :

— *Rabi Maak*, mon fils. (Que Dieu soit avec toi.)

Si moi, sa propre mère, ne peux être là pour lui, qu'Il le soit à ma place alors.

*

De retour à Aix, je pense à mon fils. Le savoir à l'étranger et malheureux me fait mal. Ses phrases favorites pour appuyer nos désaccords, depuis qu'il a quatorze ans, tournent en boucle dans ma tête. Ça finit par me donner la migraine. Je le revois me dire : « Qu'est-ce que tu connais de moi ? Rien. Rien du tout. Tu ne sais rien de ton propre fils. » Et notre dernière conversation, pourtant anodine sur ce quai de gare, ne fait qu'accroître mon angoisse.

Je n'arrive pas à expliquer pourquoi il veut à ce point me prouver que je ne suis pas réellement proche de lui. Je le connais par cœur, pourtant, c'est mon enfant. Je lui ai donné le sein, changé les couches, appris à dire bonjour, au revoir et merci.

Depuis son départ en centre de formation, il aime jouer à ce jeu où il me pose des questions sur lui-même : « Quelle est ma couleur préférée ? Quel est mon plat préféré ? » Et devant mon incapacité à répondre, il est toujours catégorique : « Tu vois, tu ne sais rien de moi. » Ce fils si bon, si aimant, peut aussi être cruel envers moi. J'ai un temps pensé qu'une part de lui m'en voulait de l'avoir laissé partir si jeune. Le football n'était pas sa destinée, puisqu'il a finalement préféré reprendre ses études à Londres. Mais je n'y suis pour rien. Il a changé d'avis tout seul, j'en étais la première étonnée. Il tenait tant à son rêve... Il m'en aurait voulu tellement plus de ne pas lui avoir donné sa chance.

Depuis son emménagement à Londres, la fracture que j'éprouve entre lui et moi est plus profonde, elle me dérange. On s'appelle moins, on parle peu. On était si proches quand il était petit. Toujours près de moi. Je me rejoue le film de notre histoire et je suis incapable de voir ce que j'ai manqué. Pourtant, il apparaît souriant, avec les autres, comment pourrait-on penser qu'un mal le ronge ? Je continue de me triturer les méninges. Je passe plusieurs nuits à mal dormir. Une gêne s'est logée en moi que je ne parviens pas à faire partir. Surconsommation de télévision ou crainte rationnelle, une pensée me vient et me tétanise.

La radicalisation. Le mot circule beaucoup dans les médias. Ne pas savoir expliquer son état de manière raisonnée me pousse vers cette extrémité. Mystère, distance et silence ne font pas bon ménage. Ouissem réunit les trois. Sans oublier que Londres grouille d'imams malintentionnés. J'ai vu un documentaire déniché en ligne sur le sujet. Loin de sa famille, aurait-il pu être endoctriné ? Les jours qui suivent, je plonge dans des recherches effrénées sur le web et mes peurs augmentent au fur et à mesure que les pages Internet défilent. Ouissem correspond au profil type que les djihadistes recherchent. Jeune homme, adulte, isolé de sa famille, sans enfant, spirituel, et fier du monde arabo-musulman. Je repense au jour où il m'a dit qu'il avait un besoin vital de croire en l'islam, que sa spiritualité grandissait d'année en année. J'essaie de me rappeler le nom de la mosquée qu'il fréquente à Londres, le nom de son imam. Je vois trouble, j'ai dû passer trop d'heures devant cet écran. Il se fait tard. Les interrogations fusent dans mon esprit. Quand est-il devenu si distant avec moi ? Pourquoi ni moi, ni ses sœurs ne savons avec qui il part en vacances ? Qui sont ses amis ? Ce qu'il fait de ses week-ends ? Et pourquoi ce changement si soudain de carrière ? Il prétend être parti récemment en Thaïlande, mais personne n'a vu de photos, il ne nous en a rien dit. Ce n'est pas normal. Je me sens perdue, déboussolée. Je n'ose pas demander l'avis de mon entourage. Ce serait trop grave. Personne ne doit savoir.

Je regarde mes ongles et remarque qu'il n'en reste plus aucun à ronger. Je me dis que je peux tout accepter par amour pour mon fils. Tout, mais pas ça. Un terroriste dans la famille, c'est inconcevable, inadmissible, impardonnable.

Il est presque minuit, je saisis mon téléphone. Je fonce dans mes favoris et presse le nom de Ouissem. Ça sonne. Mon cœur s'emballe tambour battant dans ma poitrine. Il décroche :

« Ouais Maman, ça va ? »

Chapitre 8

13 mai 2016

J'allume une cigarette, je tire une latte. La sensation de bien-être qui accompagne habituellement ce geste ne vient pas. Je me dirige vers le balcon de ma cuisine. Belle et forte de toute sa pierre, la vue sur la Sainte-Victoire s'offre à moi sans pour autant m'émouvoir le moins du monde. Encore une journée aride et chaude, mon cœur est sec. J'écrase mécaniquement ma cigarette dans un cendrier blanc et bleu, aux couleurs de Sidi Bou Saïd, ma ville préférée en Tunisie. Quand tout était encore possible… La fumée du tabac me pique les yeux. Mon corps traverse mon être, comme un esprit à la recherche d'une connexion avec le monde des vivants, en vain. En allant dans ma chambre, je passe devant le miroir, je croise une étrangère. J'ai du mal à me rappeler l'heure qu'il est.

J'aperçois alors des jambes traverser le couloir pour se diriger vers la porte. Je connais ce jean noir et le rythme de ces pas, mais je reste stoïque. J'entends au loin un au revoir et la porte claquer. Je ne ressens plus rien. Ni chagrin, ni douleur, ni regret.

Il me manque.

Je ne sais plus qui il est, je ne l'ai pas vu grandir, mais il me manque terriblement. J'ai besoin de lui, de le voir, de le sentir contre moi. Il est parti sans avoir été là. Il a vidé sa chambre et mon cœur à la fois. Je découvre une enveloppe posée sur la commode avec écrit *Maman* dessus.

Mamidou,
Puisque nous n'avons pas eu l'opportunité de parler, j'ai pensé qu'une lettre pourrait t'aider à comprendre où j'en suis dans ma tête et dans ma vie. Je sais que ces dernières semaines ont été très difficiles pour toi et que tu es triste en ce moment même si tu essaies de le cacher… C'est la raison pour laquelle je ne te le disais pas, car je savais que chaque jour sans le savoir serait un jour où tu ne serais pas malheureuse.

Mais à un moment, il faut aussi savoir assumer et s'assumer. Et puis avec le temps, on ne faisait que s'éloigner, ce « secret » était en train de créer un fossé entre toi et moi. Comme tu le sais je n'ai jamais vraiment eu de père dans ma vie alors j'avais envie d'avoir une vraie relation avec ma mère. J'espère que tu ne m'en voudras pas de te l'avoir dit car ma démarche est positive et constructive.

Je suis quelqu'un de fort, Maman, et d'heureux dans ma vie. Tu n'as aucun souci à te faire de ce côté-là. Crois-moi, si je n'avais pas été fort dans mon enfance et dans mon adolescence tu aurais eu une autre raison de pleurer qui serait bien plus triste et je n'aurai plus été là pour le voir.

Je suis comme je suis. Je n'ai aucune honte de qui je suis. Aucune. C'est Allah qui m'a voulu comme ça, je n'ai JAMAIS choisi, il faut donc savoir s'accepter, ce que j'ai appris à faire au long de ces vingt-huit années et tu verras que tu apprendras petit à petit à le faire aussi dans l'avenir. J'ai passé mon adolescence et me suis ruiné financièrement à voir toutes sortes de psys pour changer, mais rien n'y a fait. J'étais très malheureux, puis j'ai compris que pour être heureux il faut savoir s'accepter.

Je sais que tout ceci est très nouveau et soudain pour toi. Mais petit à petit, tu vas comprendre, tu vas te familiariser et surtout tu vas dédramatiser. Car ce que je t'ai annoncé n'est ni une bonne, ni une mauvaise nouvelle. C'est simplement une information supplémentaire sur qui je suis. Avec le temps, tu vas comprendre qu'il y a des homos dans tous les pays du monde, toutes les religions, dans toutes les classes sociales, des avocats, des profs, des ministres, des sportifs, et même des imams ! Comprends qu'être un homme ne veut pas dire épouser une femme comme on veut nous le faire croire dans le monde et surtout dans le monde arabe. Être un homme c'est avant toute chose être là pour sa famille, être droit et responsable, se bâtir un avenir, s'assumer pleinement et protéger les siens. Pour ces raisons, je te le confirme, Maman, tu as toujours un fils et je suis un homme !
Bref, ne t'inquiète pas pour moi, c'est tout ce que je te demande et surtout n'aie jamais honte de moi à cause de ça. Tu as toujours été fière de moi, alors continue de l'être car je suis le même. Merci pour tout l'amour que tu m'as donné. Je t'aime.

Ton fils.

Je m'effondre au sol et pleure. Je pleure comme si mon enfant était mort, et pour moi il l'est. Ouissem me confirme son amour pour les hommes, persiste et signe. Mon ventre se tord. Désemparée, impuissante, j'ai le sentiment d'être envoyée à la guerre sans armes ni munitions. Faire face à cette réalité n'est pas envisageable. Tenter de me convaincre de la normalité de sa sexualité est inutile. Je refuse d'accepter, et je range cette *foutue* lettre au loin. Je sais qu'être gay n'est pas normal. C'est une maladie mentale qui menace l'espèce humaine. Je le sais depuis toujours. On me l'a enseigné à l'école. Je me rappelle encore ces discussions dans la cour de récréation où mes amis expliquaient à quel point c'est un phénomène occidental que les Français ont tenté d'importer lors de la colonisation. Je le vois encore aujourd'hui à la télévision, ils sont efféminés, ils portent des tenues exubérantes et parlent fort. Je n'ai jamais vu Ouissem ainsi. Peut-il être si loin de l'enfant que j'ai élevé ? Les textes du Coran sont clairs, seul l'enfer attend les homosexuels, perçus comme des parias ou des monstres de foire aux quatre coins du globe. Mon fils se couvre de honte en clamant une appartenance à cette communauté.

Je suis traversée par tant de sentiments. Colère, incompréhension, mais surtout un immense dégoût. L'imaginer au lit avec un homme est au-delà du pire cauchemar que je peux faire. J'ai littéralement envie de vomir en y pensant.

Je refuse de l'accepter, je refuse. Ramener mon fils à la raison devient une obsession. Une seule solution, le guérir. La tête plongée à nouveau dans mon ordinateur, j'écume le Net, non pas sur le sujet du terrorisme cette fois-ci, mais sur l'homosexualité. Incapable de déterminer quel sujet est pire que l'autre, finalement, je tape avec dextérité sur ce clavier, à la recherche de réconfort. Je découvre des forums de parents tenant des propos abjects sur l'homosexualité de leurs enfants, des propos que j'ai peur de partager. « J'aurais préféré que mon fils soit mort plutôt qu'homosexuel », « C'est la pire chose qui nous soit arrivée, cela a détruit notre famille ». Mon cœur s'emballe devant tant de mal. N'ai-je pas assez souffert ? Les conclusions de ces débats lugubres m'achèvent. Ces parents, aussi désespérés que moi, expliquent qu'ils finissent tous par abdiquer. Que rien n'a réussi à soigner leur enfant. D'autres disent qu'avec le temps, on s'y fait. Il serait donc impossible de passer de gay à hétéro. Je ne veux pas y croire. « L'enfant gay sera la bizarrerie de la famille, mais on apprend à l'aimer quand même. » Hors de question.

Ouissem n'est pas un enfant que je veux aimer *quand même*. Je veux l'aimer entièrement, sans modération ni réserve, comme avant. C'est pour lui que je n'abandonne pas. Je dois remonter à l'origine de son basculement. Il faut que je comprenne comment on devient homo.

Je multiplie les cafés et les cigarettes pour accompagner mes recherches, pendant des semaines et des semaines. Je ne fais que ça. Me raccrocher à l'espoir qu'il puisse redevenir normal m'empêche d'être triste, alors je fonce, tête baissée, cœur serré, pour trouver des réponses, des solutions à cette malédiction. Ce que je lis ne me plaît pas, je continue vers d'autres articles, d'autres études. Toujours plus loin, de clic en clic, de site en site. Centre de conversion, exorcisme, mes dernières recherches me mènent vers des endroits sordides. Tous mes sens de mère entrent en alerte, et me mettent en garde. Mais mon dégoût perdure. Je ne parviens pas à rentrer dans ma tête que seule l'orientation sexuelle diffère, entre un homme normal et un homme homosexuel, cela m'est impossible. Ma stupéfaction viendra quand je lirai que Ouissem est sûrement gay depuis sa naissance. Ce serait donc ma faute ? Qu'ai-je fait durant ma grossesse pour provoquer cette déviance ? Je me remémore la journée chaotique de sa naissance en essayant de dénicher des indices, en vain. Toutes ces recherches m'enfoncent dans une des spirales les plus négatives de mon existence. À la recherche d'un coupable à désigner, d'une personne à blâmer, je ne fais que m'abîmer, m'enfoncer, m'isoler encore plus.

*

Les attentions dirigées vers mon fils ont maintenant un goût amer. « Comment va Ouissem ? Bientôt le mariage *inchallah* ! » Ces mots sortis tout droit de la bouche de ma boulangère ont des airs de coups de couteau, ce matin. En l'espace d'une discussion, Ouissem est passé de ma plus grande fierté à ma plus grande honte. J'ai l'impression que tout le monde sait autour de moi, et qu'on me moque. Je sors de moins en moins. Je ne veux plus qu'on me parle de lui, même s'il me manque. Pas le nouveau Ouissem. L'ancien. Je veux retrouver le fils plein d'entrain, plein d'humour, plein d'ambition.

À ce stade, mes rapports familiaux sont au plus bas. Certaines de mes filles ne comprennent pas mon incapacité à accepter l'homosexualité de leur frère. Comme si c'était une donnée tout à fait anodine à assimiler. Je me sens trahie. Seules mes deux autres filles me comprennent et nourrissent ma peine. Elles entendent ma douleur, mon état de choc, et pointent du doigt Ouissem pour son comportement égoïste. Mon instinct m'invite pourtant à prendre mes distances avec ces positions. Je n'aime pas l'idée qu'elles blâment leur petit frère.

Le temps passe mais pas ma peine. Je n'ai pas parlé à mon fils depuis des mois. Je reste figée à ce jour de printemps 2016 où Ouissem est venu me révéler sa vérité. Je crois que j'aurais préféré ne jamais savoir. Il avait l'air si apaisé, si déterminé ce jour-là. Comment pouvait-il penser que j'allais accepter ? Il était censé forger notre descendance, avec une belle-fille que j'aurais adorée. Mais il n'en sera rien, tous mes rêves sont partis en fumée. Alors je me lève, je suis triste, je me couche, je suis triste. Mon fils a disparu. Voir sa chaise vide aux fêtes de fin d'année ou à l'Aïd me crève le cœur, mais accepter de voir le nouveau Ouissem signerait l'arrêt de mort de l'ancien. Et ça, je ne le peux pas.

Ma santé mentale continue de se détériorer. Je prends alors rendez-vous avec le Dr Michel pour qu'il me prescrive de nouveaux antidépresseurs. Je me décide à lui en parler, seulement à lui en qui j'ai une confiance absolue, et plus de quarante ans de suivi. C'est de surcroît un homme de foi, il me comprendra. À peine arrivée dans son cabinet, ne lui laissant pas le temps de s'asseoir, je l'interpelle :

— Docteur, aidez-moi s'il vous plaît. Ouissem me dit qu'il est gay. Aidez-nous, s'il vous plaît.

— …

— Docteur, répété-je avec une voix brisée, et des yeux embués de larmes.

— …

Son regard dur fait voler en éclats mes dernières lignes de défense. Mes sanglots incontrôlés lui racontent ma souffrance. Ma respiration saccadée lui demande de l'aide.

— Mais je ne peux rien pour vous, madame Belgacem.

Il m'explique qu'on ne choisit pas sa sexualité. Qu'on entend beaucoup de gens dire que des hétéros sont devenus homos, mais qu'en fait c'étaient simplement des homos qui ne s'assumaient pas encore. Ces mots ont l'effet de lame de rasoir sur mes tympans. Mes ultimes espoirs s'envolent dans cette conversation.

— Docteur, je ne sais pas si je pourrai supporter cette situation. Je ne sais pas si je pourrai sortir de chez moi, je ne sais pas si je pourrai vivre.

Je lui explique que je me sens perdue, très malheureuse, que je pleure jour et nuit, que c'est Dieu qui m'a punie.

— Dieu ne vous a pas punie, madame Belgacem. Il vous a donné quelque chose de dur à accepter. Il vous a mise à l'épreuve pour tester votre foi et votre amour pour Ouissem. Comme vous le savez je suis chrétien, mais on a un seul Dieu, alors laissez-moi vous aider à traverser ça.

Il me fait une proposition qui changera ma vie.

— Je pars à la retraite dans six mois, mais d'ici là, venez me voir chaque semaine.

Ces séances me feront un bien sans pareil. Plus que n'importe quel médicament que j'aurais pu ingurgiter afin d'anesthésier ma douleur. On parlera de mes doutes, de mes peurs, de mes angoisses, et j'aurai le sentiment de faire d'immenses progrès sur mon chemin de l'acceptation. Pourtant, la situation avec Ouissem reste inchangée. Je ne peux me résoudre à l'appeler, ni même à le voir. Je demande timidement des nouvelles via ses sœurs, de temps en temps, mais le fossé entre nous est plus grand que jamais.

*

Le déclic viendra finalement de Nacim. Il est le fils cadet de mon amie Fatima, je l'ai vu grandir à Beisson, et je le considère comme mon enfant. C'est avec effroi que sa mère est venue hier m'annoncer son cancer. Elle, qui a déjà enterré trois de ses cinq petits, se retrouve à devoir en laisser partir un quatrième pour le ciel. Son cadet, son unique fils, son Ouissem, touché par un cancer foudroyant. Que ma vie me semble simple tout à coup, comparée à la sienne. La douleur de Fatima est si palpable, si présente, qu'il me semble pouvoir la toucher. J'essaie autant que je peux de l'en défaire, d'en prendre une part, mais sa peine est insondable. Elle me bouleverse. L'accompagner dans les derniers instants de vie de son enfant est d'une difficulté sans nom, mais aussi une sorte de révélation pour moi. Comme elle désire enterrer Nacim en Algérie, je prends moi aussi un billet pour Tlemcen sans la prévenir. Je veux la soutenir, être là pour elle. Je me reconnais dans son deuil. Pendant dix jours je l'accompagne au cimetière tous les matins, et je fais à manger pour les invités venus présenter leurs condoléances. Partager son chagrin me ramène à la raison. C'est en rappelant un de ses enfants que Dieu me rend le mien. Les larmes de Fatima achèvent de noyer ma peur. Mon Ouissem est en vie. La seule chose qui m'empêche de profiter de lui c'est mon étroitesse d'esprit.

*

Bientôt deux ans que je n'ai pas revu mon fils. Mais mon cœur me dit que ça fait un siècle. J'apprends par mes filles qu'il est de retour à Aix pour une semaine. Il fête ses trente ans ce week-end, entouré de tous ses amis et d'une partie de la famille. Je prends mon courage à deux mains pour lui écrire un message :

« Je sais que tu es à Aix. As-tu envie de voir ta mère ? »

Il me répond instantanément :

« Toujours. »

Quelques heures plus tard, Ouissem arrive à Beisson. Il pousse la porte de chez moi et je les vois, tous les hommes de ma vie, réunis en lui. Youssef, Habib, Hamza. Pour la première fois, l'amour d'un homme ne me décevra pas. On ne parle pas, on se jette dans les bras l'un de l'autre. Je retrouve l'odeur de ses cheveux, je le revois tout petit dans mes bras. Mon cœur déborde d'amour. Il me dit qu'il ne pourra pas changer, qu'il a déjà tout essayé, que la seule voie est de l'accepter tel qu'il est.

« D'accord mon fils, on va essayer. »

Épilogue

— Ouissem, la projection va bientôt se terminer, vite !

— J'arrive, j'arrive.

Je presse le pas, quitte le plateau télé aussi promptement que possible et fonce vers le taxi. Je viens de m'exprimer devant des millions de téléspectateurs pour faire la promotion d'*Adieu ma honte*, la série documentaire du même nom que le livre sorti en 2021, mais ce n'est qu'à elle que je pense, à ma mère, ma *Yamma*. En ce moment même, elle découvre à l'Institut du monde arabe, entourée de quatre cents personnes, ce projet dans lequel elle ainsi que deux de mes sœurs figurent. Quoi qu'en penseront les critiques, les journalistes, le public, c'est d'abord son avis qui compte à mes yeux. Je pense aux journées de tournage à Aix-en-Provence, à

Jendouba, à Oued Meliz, je pense au pari familial que ce projet symbolise et l'émotion me gagne. Qu'une femme arabe, musulmane, accepte de parler à visage découvert de l'homosexualité de son fils restera, à coup sûr, dans les mémoires.

Mon stress monte à mesure que la distance qui me sépare d'elle se réduit. Je pousse les portes de la salle de cinéma quand le générique de fin se déclenche. Des applaudissements fendent le silence, et puis tout s'enchaîne très vite. On me tend un micro, je dévale les marches, et me voilà sur scène pour les remerciements. Je veille à être concentré, à n'oublier personne, mais je la cherche désespérément du regard. Les spots m'aveuglent et m'empêchent de distinguer des visages familiers dans cette salle où je connais pourtant tout le monde. Comment savoir si elle a aimé ce qu'elle a vu, avant que je la remercie ? J'essaie une dernière fois de la trouver, de capter son attention, mais la salle est trop sombre. Une seule option s'offre alors à moi.

« La dernière personne que j'aimerais remercier ce soir n'est autre que ma mère, Faouzia, et si elle le veut bien, j'aimerais qu'elle monte sur scène avec moi. »

Elle est là. Je la vois se lever de manière fébrile, timide, j'en ai le cœur serré. La pénombre m'empêche toujours de distinguer ses émotions. Elle se rapproche de la scène et je me dirige vers elle pour l'aider à monter les quelques marches qui nous séparent. Tout un symbole. Nous n'avons jamais été si proches. Elle lève les yeux, me regarde. Elle semble légère, apaisée. Comme si elle avait troqué le poids de la honte pour celui de la fierté. Je lui prends la main. Plus rien ne peut nous atteindre.

Je la place au milieu de la scène et, avant même que je ne prononce quoi que ce soit, le public entame une *standing ovation*. Ce tonnerre d'applaudissements réchauffe nos cœurs et j'ai le sentiment de voir ses moments de souffrance s'envoler, ses plaies se cicatriser, sa tristesse s'évaporer. Enfin, elle se tourne vers moi, arbore un franc sourire, et prononce ces quelques mots qui sont à l'origine de ce livre :

« Bravo mon fils. J'ai tout loupé dans ma vie, sauf mes enfants. »

Yamma

*

Je t'ai alors regardée, gêné, surpris.

Par-delà ma propre mère, je vois tout à coup la femme que tu es et tout ce que tu portes en toi.

Je me suis alors promis de ne pas te laisser quitter cette terre avec une telle idée en tête. Ce livre est le tien, Yamma, j'y ai raconté ta vie, tes joies, tes peines, tes regrets, tes victoires. J'espère t'avoir montré à quel point tu es forte, à quel point tu es belle, et à quel point ta vie compte.

J'ai glissé dans ces lignes ce que je n'ai jamais vraiment su te dire : Maman, je t'aime.

Un immense merci à

Ma mère, pour m'avoir laissé raconter ta vie si bien gardée.

Pauline, mon éditrice, pour m'avoir guidé avec tant d'exigence, de talent et d'amitié.

À mes sœurs, mes amis, pour continuer d'adoucir ma vie.

À la maison Flammarion, notamment Sophie de Closets et Carole Saudejaud, pour votre confiance qui me donne tant de force.

À Cyril, mon agent, pour ton soutien continu et rassurant.

À Ilham, pour ta loyauté à toute épreuve.

À Clément, pour tout cet amour.

Imprimé en France par CPI
en avril 2024

Composition et mise en pages
Nord Compo à Villeneuve-d'Ascq

Numéro d'édition : 600843-0
Dépôt légal : mai 2024
Numéro d'impression : 178417